Ingrid Uebe

Mascha Marabu

Eine Hexengeschichte

Mit Bildern von Stephan Baumann

arsEdition

Bibliografische Information Der Deutschen Bibliothek

Die Deutsche Bibliothek verzeichnet diese Publikation in der Deutschen Nationalbibliografie;
detaillierte bibliografische Daten sind im Internet über http://dnb.ddb.de abrufbar.

5 4 3 2 1 09 08 07 06 05

Titelbild und Innenillustrationen: Stephan Baumann

ISBN 3-7607-4024-3

www.arsedition.de

Eine Neue in Klasse 3b

Es war Montag. Die erste Stunde hatte eben angefangen. Frau Paulsen nahm ein Stück Kreide und ging zur Tafel. Die Klasse 3b sah ihr missmutig zu. Montage waren blöd. Erste Stunden waren auch blöd. Und erste Stunden am Montag waren doppelt blöd. Da konnte Frau Paulsen machen, was sie wollte. Die Kreide nehmen oder auch nicht.

Eigentlich war Frau Paulsen ganz in Ordnung. Das musste jedes Kind zugeben. Doch montags in der ersten Stunde dachte keiner daran. Fast keiner. Nur Philipp! Er wusste selbst nicht, warum. Aber in dem Augenblick, als seine Klassenlehrerin die Kreide nahm, tat sie ihm plötzlich Leid.

Vielleicht fand sie erste Stunden am Montag auch nicht so toll. Vielleicht hatte sie ebenfalls keine Lust Mathe zu machen. Vielleicht sollte man jetzt einfach nett zu ihr sein. Eigentlich war sie doch ganz in Ordnung.

Frau Paulsen wandte ihrer Klasse den Rücke zu und hob die Hand mit der Kreide. In diesem Moment klopfte es an die Tür. Alle blickten hocherfreut hin. Alle riefen im Chor: »Herein!« Auch Frau Paulsen drehte sich um.

Die Tür ging auf und der Schulleiter Herr Hähnchen schob ein Mädchen über die Schwelle. Ein fremdes, seltsam gekleidetes und überhaupt ziemlich sonderbar wirkendes Mädchen. Bereitwillig ließ es sich an der Wand entlang bis nach vorn führen. Es war ganz still und benahm sich kein bisschen auffällig. Trotzdem musste man es immerzu ansehen.

»Hier bringe ich euch eine Neue«, sagte Herr Hähnchen. »Ihr Name ist Mascha Marabu.« Er legte dem Mädchen die Hand auf den Kopf. »Willkommen in Klasse 3b!«

Auf einmal geriet Mascha Marabu in Bewegung. Sie schüttelte sich wie ein nasser Hund. Ihre langen rosagoldenen Locken tanzten wie

Schlangen um sie herum. Dabei entstand ein silbriges Läuten. Das wurde stärker, je heftiger sie sich schüttelte. Und sie schüttelte sich tatsächlich sehr heftig!

Sie mochte es offenbar nicht, dass ihr jemand die Hand auf den Kopf legte. Alle Kinder konnten das gut verstehen. Keins von ihnen bekam gern die Hand auf den Kopf gelegt. Von Herrn Hähnchen schon gar nicht. Der legte nämlich nicht nur die Hand auf den Kopf. Er kniff manchmal auch in die Wange. Oder zerrte am Ohr. Oder packte am Arm, dass es wehtat.

Frau Paulsen zog das Mädchen sanft unter der Hand des Schulleiters hervor. »Hallo, Mascha Marabu!«, sagte sie lächelnd. »Ich finde, du hast einen tollen Namen.«

Die Neue nickte. »Ja, das finde ich auch.« Ihre Stimme klang leise und ein bisschen heiser, war aber trotzdem bis in den letzten Winkel des Klassenraums gut zu verstehen.

»Jetzt wollen wir sehen, dass wir einen schönen Platz für dich finden«, sagte Frau Paulsen, während sie Mascha kurz an sich drückte, und ließ ihren Blick über die Tische wandern.

Philipp hatte mit einem Mal Herzklopfen. Seit den Sommerferien war zwischen ihm und Leonie noch ein Platz frei. Da konnte Mascha Marabu hin. Ja, da sollte sie hin! Ja, ja, er wollte unbedingt, dass sie dahin kam!

»Eigentlich gibt es in unserer Klasse nur schöne Plätze«, sagte Frau Paulsen. »Aber der da am Fenster zwischen Philipp und Leonie sieht aus, als hätte er auf dich gewartet. Was meinst du?«

»Gut.« Mascha Marabu nickte. »Wenn die beiden mir nichts tun, tue ich ihnen auch nichts.«

»Aber nein!« Frau Paulsen war ganz erschrocken. »Warum sollten dir Philipp und Leonie denn etwas tun?« Mascha zuckte die Achseln. »Das kann man nie wissen«, sagte sie freundlich. »Besser, man ist auf der Hut.«

Damit ging sie zum Tisch am Fenster. Nein,

sie ging nicht. Sie tanzte! Auch dabei läutete es um sie herum. In ihrem kunterbunten, bis auf den Boden reichenden Kleid wirbelte sie durch den Mittelgang, verbeugte sich vor Leonie, verbeugte sich vor Philipp und saß im nächsten Augenblick zwischen ihnen.

Erst jetzt bemerkten alle, was vorher niemandem aufgefallen war: Mascha Marabu hatte gar keinen Ranzen! Weder auf dem Rücken noch in der Hand. Das war wirklich merkwürdig.

Herr Hähnchen fand das auch. »Hör mal, Mädchen!«, sagte er kopfschüttelnd. »Wo hast du denn deinen Ranzen?«

Überrascht sah die Neue ihn an. »Meinen Ranzen?«

Herr Hähnchen nickte. »Hast du ihn möglicherweise in meinem Zimmer gelassen?«

Mascha schüttelte den Kopf. Und wieder begann es zu läuten.

Herr Hähnchen wandte sich an Frau Paulsen. »Die Tante, bei der Mascha wohnt, hat das Kind zu mir gebracht. Vielleicht hat sie den Ranzen versehentlich wieder mitgenommen.«

»Das hat sie bestimmt nicht«, sagte Mascha, wobei sich das Läuten verstärkte.

»Dann hast du ihn sicher zu Hause vergessen«, meinte Frau Paulsen.

»Muss ich wohl«, sagte Mascha und schaute sich aufmerksam um. Ihr Blick wanderte von Tisch zu Tisch und landete endlich bei Philipp. Der vergaß von einer Sekunde zur anderen zu atmen.

Maschas Augen waren durchsichtig grün wie der Waldsee, an dem er manchmal mit seinen Eltern spazieren ging. Und sie ließen ihn einfach nicht los. Plötzlich las er darin eine Frage.

Die Frage lautete: Was ist ein *Ranzen?*

Philipp war sehr erstaunt. Trotzdem wollte er antworten. Vorsichtig bewegte er die rechte Hand über den Tisch. Bis an den Rand. Dann

legte er sie langsam in seinen Schoß. Und obwohl Mascha ihm immer noch ins Gesicht sah, war er sicher, dass sie es merkte. Er streckte den Zeigefinger aus und deutete auf seinen Ranzen.

Mascha Marabu lächelte ihn an.

Immer noch lächelnd blickte sie von Herrn Hähnchen zu Frau Paulsen. »Morgen«, bemerkte sie sichtlich erleichtert, »morgen werde ich meinen Ranzen ganz bestimmt nicht vergessen.«

»In Ordnung«, sagte Frau Paulsen. »Einen Tag geht es auch ohne. Philipp oder Leonie werden dir aushelfen, wenn du etwas aufschreiben willst.«

Leonie zögerte. Philipp nickte begeistert.

»Also ich gehe dann mal«, sagte Herr Hähnchen.

Mascha Marabu lachte laut auf. »Meinetwegen brauchst du auch nicht mehr wiederzukommen! Und wenn du mir noch mal die Hand auf den Kopf legst, erzähle ich es meiner Tante.«

Der Klasse 3b stockte der Atem. Der Schulleiter blieb stehen und drehte sich um. »Ich glaube nicht, dass deine Tante etwas dagegen hätte«, sagte er barsch.

»Oh doch!«, widersprach Mascha. »Meine Tante hat schon immer gesagt, dass ich mir von keinem etwas gefallen lassen soll.«

Sie hatte kaum zu Ende gesprochen, da begann sie zu singen:

»Meine Tante – aufgepasst! –
heißt Eulalia Seidelbast.
Fürchtet sich vor keinem Mann.
Leg dich bloß nicht mit ihr an!«

Herr Hähnchen öffnete den Mund. Er schien noch etwas sagen zu wollen. Doch dann überlegte er es sich anders. Zuerst machte er den Mund zu und gleich darauf auch die Tür.

Hexen-Einmaleins

Einen Augenblick war es ganz still. Dann schwappte eine Welle von Gemurmel und Gewisper durchs Klassenzimmer.

»Beruhigt euch!«, sagte Frau Paulsen. »Wir wollen jetzt endlich Mathe machen!« Ein wenig verwirrt blickte sie auf ihre Hand und auf das Stück Kreide, das sie darin hielt. Dann ging sie zur Tafel. Es war immer noch Montag. Und die erste Stunde war noch längst nicht vorbei.

Frau Paulsen schrieb: $9 \cdot 7 + 13 =$

Die Klasse 3b stöhnte im Chor.

Nur Mascha Marabu strahlte und rief: »Mathe ist dasselbe wie Rechnen, nicht wahr? Ja, das will ich lernen! Schreiben auch! Und lesen sowieso!«

»Nun«, sagte Frau Paulsen, »ein bisschen von allem kannst du hoffentlich jetzt schon.«

»Nein, schreiben kann ich noch nicht.« Mascha sah ganz betrübt aus. »Und lesen auch nicht.«

»Nicht?«, fragte Frau Paulsen verdutzt. »Ich

denke, du bist in der dritten Klasse. Oder bist du sitzen geblieben?«

Mascha gab keine Antwort. Wieder sah Philipp ihre grünen Augen auf sich gerichtet. Wieder las er darin eine Frage.

Die Frage lautete: Was heißt *sitzen geblieben*?

Aber diesmal konnte er ihr ohne Worte leider nicht helfen. Er zuckte kaum merklich die Achseln.

Mascha seufzte und blickte nach vorn. »Ich bleibe nie lange irgendwo sitzen. Ich laufe lieber herum.«

»Hör mal«, sagte Frau Paulsen, »wie alt bist du eigentlich?«

»Ungefähr neun.«

Die anderen lachten. Nur Philipp blieb ernst. »Beinahe!«, rief er. »Sie meint *beinahe* neun!«

»Also gut«, sagte Frau Paulsen. »Dann bist du hier in der richtigen Klasse. Und nun zu unserer Mathe-Aufgabe! Ist dir klar, was ich da an die Tafel geschrieben habe?«

Mascha Marabu nickte, dass es um sie herum nur so läutete. »Klar, lauter Zahlen! Ich kenne sie alle.«

»Kannst du sie auch addieren?«, fragte Frau

Paulsen. »Und subtrahieren? Vielleicht sogar multiplizieren und dividieren?«

Wieder fühlte Philipp den Blick der grünen Augen. Diesmal wich er ihm aus. Aber alle seine Gedanken waren bei Mascha Marabu. Mit klopfendem Herzen wartete er auf ihre Antwort.

Diese Antwort ließ auf sich warten. Doch dann hörte sie sich zu Philipps Erleichterung gar nicht so schlecht an. »Ich kann schon das ganze Einmaleins! Soll ich es aufsagen?«

»Meinetwegen«, sagte Frau Paulsen. »Fang jedenfalls einmal damit an!«

Mascha Marabu zögerte nicht eine Sekunde. Sie schwang sich kurzerhand auf den Tisch und begann mit ihrer leisen, heiseren, deutlich vernehmbaren Stimme zu sprechen:

»Aus Eins mach Drei,
aus Vier mach Zwei,
statt Fünf nimm Sechs!
So sagt die Hex.
Nun kommt die Acht.
Die Hexe lacht.
Denn von der Sieben
ist nichts geblieben.

Geh in die Scheun
und hol die Neun!
Triffst du die Zehn,
so lass sie gehn.
Denn Null ist Eins
und Zehn ist keins.
So geht das Hexen-Einmaleins«

Mascha Marabu schwieg. In der Klasse 3b war es sehr still. Nur Laura am Tisch neben der Tür versuchte ein Kichern. Als keiner mitkicherte, hielt sie sich schnell die Hand vor den Mund. Frau Paulsen starrte ihre neue Schülerin an und rührte sich nicht. Nicht einmal ein Kopfschütteln brachte sie zustande. Sie sieht aus wie verhext!, dachte Philipp. Er riss sich zusammen. Was war das für ein verrückter Gedanke? Hatte man je von einer Lehrerin gehört, die während der Mathestunde verhext worden war?

Mascha Marabu schien sich über die anhaltende Stille zu wundern. Halb stolz, halb staunend blickte sie von einem zum anderen. Endlich zuckte sie die Achseln, sprang vom Tisch und setzte sich auf ihren Platz. Als Philipp ihr einen heimlichen Blick zuwarf, beugte sie sich vor. Ihre rosagoldenen Locken fielen wie ein Schleier nach vorn und ihre grünen Augen hielten ihn fest.

»War das gut?«, flüsterte sie.

Philipp nickte. Oh ja, das war gut gewesen! Besser und anders als alles, was er jemals in Mathe gehört hatte. Ohne Sinn und Verstand, aber erfüllt von einem seltsamen Zauber.

Mascha lächelte zufrieden. »Habt ihr das noch nicht gehabt?«

Philipp schüttelte den Kopf. Nein, das hatten sie nicht. Und sie würden es auch bestimmt nie kriegen. So etwas lernte man nicht in der Schule.

»Ich kann es dir beibringen«, flüsterte Mascha. »Den anderen auch, wenn sie wollen.«

Philipp zuckte die Achseln. Er war nicht sicher, ob die anderen wollten. Und er selbst? Oh doch, er wollte! Am besten gleich nach der Schule. Vielleicht hatten er und Mascha denselben Heimweg. »Wo wohnst du?« Er beugte sich vor. Nun saßen sie Schulter an Schulter.

Zu seiner Enttäuschung zog sich Mascha zurück und senkte den Blick. »Ach, ziemlich weit weg.« Sie strich sich die Haare hinter die Ohren und Philipp entdeckte an jedem Ohrläppchen drei silberne Glöckchen. Wenigstens wusste er nun, woher das Läuten kam, sobald sie den Kopf schüttelte.

»Wenn du willst, helfe ich dir bei den Hausaufgaben«, sagte er und vergaß vor lauter Eifer zu flüstern.

Sofort traf ihn der Blick ihrer grünen Augen. Und wieder las er darin eine Frage.

Was sind *Hausaufgaben*?

Philipp schluckte. Dann lächelte er. »Aufgaben, die man zu Hause erledigen muss.« Seine Stimme klang jetzt so laut wie immer. »Man kriegt sie fast jeden Tag. Von Frau Paulsen.«

Die Lehrerin hob plötzlich den Kopf. Sie schaute zu ihm und Mascha herüber. Es war, als habe der Klang ihres Namens sie aufgeweckt.

»Hör doch mal, Mascha Marabu!«, murmelte sie unsicher. »Dieses merkwürdige Einmaleins … Mir scheint, das ist … Wo hast du es bloß gelernt?«

»Von meiner Tante«, antwortete Mascha. »Sie hat es mir beigebracht, sobald ich sprechen konnte.«

»Und wie war das dann in der Schule?«, fragte Frau Paulsen. »Da musst du doch gemerkt haben, dass das, was du bei deiner Tante gelernt hast, mit dem richtigen Einmaleins nichts zu tun hat.«

Philipp fühlte, wie Mascha angestrengt nachdachte. Er hätte ihr gern geholfen, aber er wusste nicht, wie.

Endlich sagte sie steif: »Ja, in der Schule habe ich es natürlich gemerkt.«

Frau Paulsen nickte. »Also gut. Dann rechne jetzt aus, was ich an die Tafel geschrieben habe! Leonie wird es dir vorlesen.«

Mascha gluckste vergnügt. »Alles gleichzeitig – rechnen und schreiben und lesen! Bei dir lernt man bestimmt eine Menge.«

Philipp wurde es ganz heiß. Mascha sagte wirklich unmögliche Sachen! Und allein würde sie das richtige Ergebnis bestimmt niemals herauskriegen. Er musste ihr helfen! Rechnen fiel ihm nicht schwer. Und die Aufgabe, die Frau Paulsen an die Tafel geschrieben hatte, war ziemlich leicht. Vorsichtig schlug er sein Heft auf und schrieb groß und deutlich auf eine leere Seite: 76. Dann schob er das Heft über den Tisch.

Mascha verstand. »Sieben, sechs«, sagte sie stolz.

Die anderen lachten. Frau Paulsen sah wieder ziemlich verdutzt aus.

»Sechsundsiebzig!«, rief Philipp. »Sie meint sechsundsiebzig«

»Philipp«, sagte Frau Paulsen, »würdest du Mascha bitte selbst sagen lassen, was sie meint! Und würdest du damit aufhören, ihr deine Ergebnisse zur Verfügung zu stellen!« Sie drehte sich nochmals zur Tafel und schrieb eine neue Aufgabe an:

8 · 8 – 14 =

Sie nickte ihrer neuen Schülerin aufmunternd zu. »Das ist ganz einfach, Mascha. Du kannst es bestimmt.«

Mascha seufzte. Und Philipp malte das Ergebnis mit dem Zeigefinger auf die Tischplatte. Frau Paulsen merkte es. Doch sie ließ es bei einem mahnenden Blick bewenden.

»Fünf, null«, sagte Mascha.

Jetzt lachte keiner mehr.

»Kind!«, rief Frau Paulsen. »Eine Fünf vor einer Null ist ja dasselbe wie fünfzig. Weißt du das etwa nicht?«

Mascha Marabu zuckte die Achseln. »Wenn es dasselbe ist, kann ich es doch nennen, wie ich will.«

»Nein, das kannst du nicht!«, sagte Frau Paulsen bestimmt. »Die Mathematik hat feste Regeln. An die muss man sich halten.«

»Na, gut.« Mascha zuckte die Achseln. »Dann werde ich diese Regeln eben lernen.«

Das war endlich eine gute Antwort! Frau Paulsen freute sich immer, wenn jemand etwas lernen wollte. Und wenn ihm ein anderer dabei helfen wollte, freute sie sich auch.

Philipp überlegte nicht lange. »Ich kann Mascha helfen die Regeln zu lernen«, sagte er schnell. »Ich kann ihr zeigen, was wir bis jetzt gemacht haben.«

Frau Paulsen sah ihn nachdenklich an. »In Mathe könntest du es vielleicht versuchen ...«

»Geben Sie uns ein paar Tage Zeit!«, sagte Philipp eifrig. »Sie werden sehen, dann kann Mascha auch lesen und schreiben.«

Seine Nachbarin nickte, dass ihre rosagoldenen Locken tanzten und ihre silbernen Glöckchen läuteten. »Ja, ganz bestimmt!«

Frau Paulsen wirkte ein wenig erschöpft. »Probieren wir es!«, meinte sie. »Nächste Woche sehen wir weiter.«

In der zweiten Stunde schrieb die Klasse 3b ein Diktat. Mascha Marabu malte nur Blumen und Vögel auf das Blatt, das ihr Leonie geschenkt hatte. Die Lehrerin ging auf und ab und bemerkte es wohl. Aber sie sagte nichts.

Dann war Pause. Philipp und Mascha drängelten mit den anderen auf den Schulhof. Mascha hatte ihre rechte Hand in Philipps linke geschoben. Und obwohl man in der dritten Klasse schon lange nicht mehr Hand in Hand ging, ließ er es zu.

Der Himmel über dem Schuldach war wolkenlos blau, und durch die Zweige der alten Kastanie fiel warmer Sonnenschein.

»Hast du Lust auf ein Eis?«, fragte Mascha.

»Ja, schon«, antwortete Philipp. »Aber wir dürfen den Hof nicht verlassen.«

Mascha lachte. »Müssen wir ja auch nicht!« Sie warf einen schrägen Blick auf sein noch nicht angebrochenes Frühstückspäckchen. »Pack doch mal aus!«

Philipp gehorchte. Und plötzlich begannen seine Finger zu flattern. Aus dem Butterbrotpapier kam nämlich nicht das Pausenbrot, das er erwartet hatte, sondern eine Eiswaffel – kalt und knusprig, süß und saftig, Himbeer und Schokolade.

»Mein Lieblingseis!«, sagte er fassungslos und hielt Mascha die Waffel hin. »Willst du was abhaben?«

Sie schüttelte mit silbrigem Läuten den Kopf. »Ich mache mir nichts aus Eis. Lass es dir schmecken, ehe es schmilzt!«

Das war sicher der einzig richtige Vorschlag. Philipp zögerte nicht länger. Er leckte und schleckte das herrliche Eis. Und versuchte dabei zu vergessen, dass ihm Mama morgens ohne jeden Zweifel ein Käsebrot eingepackt hatte.

Hokus, pokus, danke schön!

Gleich nach der Schule fasste sich Philipp ein Herz. Er lud Mascha Marabu ein, nachmittags zu ihm zu kommen. Mama würde bestimmt nichts dagegen haben. Sie fand ohnehin, dass er zu oft allein war, und freute sich über jeden Besuch. Mama wünschte ihm viele Freundinnen und Freunde. Aber Philipp war einfach zu schüchtern. Die anderen bemerkten ihn kaum.

Zu seinem Erstaunen nahm Mascha seine Einladung sofort an.

»Also um drei bei mir!«, sagte er glücklich. »Windmühlenweg 7. Weißt du überhaupt, wo das ist?«

Mascha nickte und lachte. Dann tanzte sie läutend davon. »Ich werde es ganz bestimmt finden.«

»Bring deinen Ranzen mit!«, rief Philipp ihr nach. Er konnte nur hoffen, dass sie es noch gehört hatte.

Als Mascha pünktlich um drei bei ihm klingelte, trug sie tatsächlich einen Ranzen. Aller-

dings einen, wie Philipp ihn in seinem ganzen Leben noch nicht gesehen hatte. Höchstens auf sehr alten Fotos. Er war aus braunem Leder, ziemlich abgewetzt, zum Teil sogar ausgefranst, und hing ihr an dünnen Riemen schwer über die Schultern.

»Du meine Güte!«, sagte Philipp, als Mascha

vor ihm her durch den Flur ging. »Wo hast du das Teil denn her?«

Sie blickte sich um. Ihre Augen waren noch grüner, als er sie in Erinnerung hatte. »Du meinst meinen Ranzen? Oh, das ist ein Erbstück. Es befindet sich schon seit Generationen in unserer Familie.«

»Ah«, machte Philipp und unterdrückte sein Staunen. Er selbst wäre bestimmt nicht begeistert gewesen, wenn man ihn mit dem Ranzen seines Urgroßvaters in die Schule geschickt hätte.

Mama stand in der Küche und backte Waffeln. Sie hatte den Teig fertig und löffelte ihn nun in das heiße Waffeleisen.

»Hallo, Mascha!«, sagte sie lächelnd. »Ich freue mich, dass du uns besuchen kommst. Hoffentlich magst du Waffeln!«

»Oh, ich freue mich auch.« Mascha sah neugierig zu, wie Mama das Waffeleisen zuklappte. »Sind das Waffeln, was du da machst? Müssen sie so gequetscht werden?«

»Gequetscht?« Mama lachte. »Sie werden gebacken! Hast du noch nie ein Waffeleisen gesehen?«

Mascha schüttelte den Kopf. »Ich habe auch

noch nie Waffeln gegessen. Aber wenn sie so schmecken, wie sie riechen, mag ich sie ganz bestimmt.«

Natürlich mochte sie Waffeln! Sie aß fünf Stück. Philipp schaffte nur drei. Für Mama blieb nur eine einzige übrig. Aber das machte ihr nichts. Sie freute sich über Maschas strahlenden Blick.

»Kind, was hast du für schöne Augen!«, sagte sie. »So grün wie der Waldsee, an dem wir manchmal spazieren gehen. Stimmts, Philipp?«

Philipp nickte verlegen. Aber er freute sich, dass Mama und Mascha sich nett fanden.

Als das letzte Waffelherzchen hinter Maschas schneeweißen Zähnen verschwunden war, ging er mit ihr in sein Zimmer. Zu seiner Überraschung schenkte sie den Spielsachen nur einen flüchtigen Blick. Danach setzte sie sich gleich an den Schreibtisch und sah ihn erwartungsvoll an.

Philipp war froh, dass er alle Bücher und Hefte aus dem ersten Schuljahr aufgehoben hatte. Jetzt brauchte er sie dringend. Mascha hatte nämlich von nichts eine Ahnung. Trotzdem machte es Spaß, ihr Lehrer zu sein. Sie passte auf wie ein Luchs. Manches begriff sie schneller, als

Philipp es erklären konnte. Und wenn er müde wurde, feuerte sie ihn an weiterzumachen.

Drei Stunden arbeiteten sie ohne Pause. Danach konnte Mascha mit den Zahlen von l bis 10 schon recht gut umgehen. Und sie konnte den Satz lesen, den Philipp ihr auf ein Blatt Papier geschrieben hatte. Dieser Satz hieß: Philipp ist Maschas Freund. Sie lachte hellauf und schrieb ohne zu zögern darunter: Mascha ist Philipps Freundin. Das war doch wirklich ein gelungener Abschluss.

»Für heute reichts«, sagte Philipp. »Jetzt spielen wir was!«

Sie liefen hinaus in den Garten. Sie tobten über die Wiese. Sie spielten Fangen und Federball. Ihre Arme und Beine erinnerten sich daran, dass sie in den letzten drei Stunden beinahe vergessen worden waren.

Zwischendurch besuchten sie Philipps Mama, die hinter dem Haus zwischen Stangenbohnen und Salatköpfen hantierte. Mascha Marabu sah sich neugierig um und lobte vor allem das Beet mit den Küchenkräutern. Sie kannte nicht nur Schnittlauch und Petersilie, sondern auch Dill und Liebstöckel, Rosmarin und Pimpernell.

Sie hatte all diese Namen von ihrer Tante gelernt.

Mama war ganz entzückt. Sie fragte: »Hat deine Tante auch einen Garten?«

Mascha nickte. »Ja, einen ganz großen. Ich glaube, darin stehen alle Kräuter der Welt.«

Mama lächelte. »Kräuter sind wirklich sehr nützlich. Aber Blumen mag ich eigentlich lieber.«

»Welche?«, erkundigte sich Mascha. »Welche magst du am liebsten von allen?«

Mama überlegte nicht lange. »Sonnenblumen! Am liebsten hätte ich den ganzen Garten voller Sonnenblumen. Aber aus irgendeinem Grund gedeihen sie hier nicht.«

Als Mascha heim musste und ihren Ranzen holen wollte, gingen sie alle ins Haus. In der Diele blieb Mama stehen und räusperte sich. Sie wollte offenbar etwas loswerden, wusste aber nicht, wie.

»Weißt du, Mascha«, sagte sie endlich, »dein Ranzen ist wirklich sehr schön. Er erinnert mich an vergangene Zeiten. Aber hättest du nicht vielleicht auch lieber so einen wie Philipp? Bunt und leicht, nicht so originell, aber praktisch.«

Mascha war kein bisschen beleidigt. »Stimmt,

meiner ist ziemlich altmodisch«, erklärte sie freimütig. »Die modernen sind eigentlich besser.«

Mama atmete auf. »Ich habe dir eben so einen besorgt.«

»Wo denn?«, fragte Mascha verdutzt.

»Neben uns wohnt ein Junge, der geht schon in die fünfte Klasse und braucht seinen Ranzen nicht mehr.«

»Ja, Max!«, sagte Philipp. »Der hat zum Geburtstag eine ganz tolle Schulmappe bekommen.«

Mama verschwand in der Küche und kam mit einem bunten, noch sehr ordentlich wirkenden Ranzen zurück.

Mascha strahlte. Sie nahm ihn vorsichtig in beide Hände, betrachtete ihn von allen Seiten und räumte dann schnell ihre Sachen hinein. Schließlich setzte sie ihn auf und stellte sich damit vor den Spiegel.

»Sehr schön!«, sagte sie zufrieden. »Jetzt sehe ich aus wie alle anderen.«

Stimmt!, dachte Philipp. Aber zum Glück nur von hinten!

Er begleitete Mascha hinaus. Mama kam mit. Am Gartentor nahmen sie Abschied. Mascha gab Philipp die Hand. Mama legte sie die Arme um den Hals und flüsterte ihr etwas ins Ohr. Dann lief sie davon. Es sah sonderbar aus. Sie lief dicht am Zaun entlang und schien dabei mit beiden Händen etwas Unsichtbares in den Garten zu werfen.

Philipp und Mama blickten ihr mit leiser Verwunderung nach.

»Was hat sie dir denn ins Ohr geflüstert?«, fragte Philipp neugierig. »Darf ich es wissen?«

Mama sah ihn unsicher an. »Ich habe es gar

nicht richtig verstanden. Es hörte sich an wie *Hokus, pokus, danke schön.*«

»Oh!«, sagte Philipp. Sonst nichts.

Am nächsten Morgen sagte er noch einmal:

»Oh!« Er stand am Fenster und zeigte hinaus in den Garten. Der wiegte sich in goldenem Glanz. Er stand nämlich voller Sonnenblumen. Es waren sicher tausend und mehr.

Philipp fühlte ein Kribbeln zwischen den Schulterblättern. Er hielt den Atem an, als Mama neben ihn trat, und warf ihr einen ängstlichen Blick zu.

Aber Mama ... Es war nicht zu fassen! Mama lachte vor Glück. Sie fragte weder nach dem Woher noch nach dem Warum. Sie machte einfach das Fenster auf und streckte den tausend Sonnenblumen beide Arme entgegen. Sie freute sich wie ein Kind.

Das Haus in der Uhugasse

Jeden Nachmittag stand Mascha Marabu pünktlich um drei vor Philipps Tür. Sie wollte lernen. Und tat es. Sie kriegte niemals genug. Frau Paulsen konnte die Fortschritte kaum fassen.

Die erste Schulwoche war beinahe herum. Am Donnerstag erwartete Philipps Mama nachmittags drei Freundinnen zu Kaffee und Kuchen.

»Es wäre mir lieb, wenn ihr heute bei Mascha lernen könntet«, sagte sie morgens beim Frühstück. »Ihrer Tante wird das wohl recht sein. Bestimmt möchte sie dich auch mal kennen lernen.«

Philipp nickte zögernd. Einerseits war ihm nicht ganz wohl bei Mamas Vorschlag. Was würde seine neue Freundin wohl dazu sagen? Andererseits kam dieser Vorschlag seiner Neugier durchaus entgegen. Nun würde er endlich sehen, wo und wie Mascha Marabu wohnte! Und sicher würde er auch ihrer Tante begegnen, von der er bis jetzt nicht viel mehr wusste, als dass sie Eulalia Seidelbast hieß. Warum hatte er bei dem Gedanken an sie nur so ein komisches Gefühl in der Magengegend?

In der großen Pause erzählte er Mascha, was Mama beim Frühstück gesagt hatte, und fragte auch gleich: »Können wir dann heute bei dir lernen?«

Sie runzelte die Stirn und wirkte nicht sehr erfreut. Zuerst blickte sie in die Luft und dann längere Zeit auf den Boden.

»Was ist?«, erkundigte sich Philipp. »Darfst du keinen Besuch kriegen?«

Mit blitzenden Augen sah sie ihn an. »Natürlich darf ich Besuch kriegen! Außerdem ist meine Tante heute Nachmittag sowieso nicht zu Hause. Du kannst also ruhig kommen.«

Philipp schluckte. Wenn Maschas Tante zu Hause gewesen wäre – hätte er dann etwa nicht kommen dürfen?

»Wo wohnst du eigentlich?«, fragte er.

Wieder zögerte sie. Dann gab sie sich einen Ruck. »Uhugasse 33. Hinter dem Vogelzoo. Am Waldrand. Weißt du, wo das ist?«

Philipp nickte. Viel mehr als eine Ahnung

hatte er nicht. Doch er würde das Haus schon finden.

»An der Tür steht *Eulalia Seidelbast*« erklärte Mascha. »So heißt meine Tante.«

Philipp lachte. »Weiß ich doch!« Und als sie ihn erstaunt ansah, sagte er schnell den Vers auf, den sie am Montag Herrn Hähnchen nachgerufen und den er seitdem nicht vergessen hatte:

»Meine Tante - aufgepasst! –
heißt Eulalia Seidelbast.
Fürchtet sich vor keinem Mann.
Leg dich bloß nicht mit ihr an!«

Nun lachte Mascha ebenfalls. Es klang allerdings etwas gezwungen. »Du bist ja noch gar kein Mann. Also mach dir keine Gedanken!«

Für den Rest der Pause war sie ungewöhnlich schweigsam. Und als es klingelte, gab sie Philipp nicht wie sonst die Hand, sondern lief vor ihm her in die Klasse. Danach fiel ihm das Aufpassen schwer. Was Mascha gesagt und wie sie sich benommen hatte, ging ihm nicht aus dem Kopf. Irgendwie wollte das alles nicht recht zusammenpassen. Aber vielleicht würde er dem Geheimnis ja nun bald auf die Spur kommen.

Am Nachmittag war Philipp pünktlich zur Stelle. Mascha hatte ihn nicht ein einziges Mal warten lassen. Deshalb wollte er auf keinen Fall, dass sie nun auf ihn warten musste.

Den Vogelzoo hatte er ohne Mühe gefunden. Er war schon zweimal darin gewesen, einmal mit seinen Eltern und einmal mit seiner Klasse. Nur von der Uhugasse hatte er keine Ahnung gehabt. Aber sie führte tatsächlich gleich hinter dem Zoo am Waldrand entlang. Weit auseinander zwischen Büschen und Bäumen lagen große alte Häuser in ausgedehnten, von Hecken umgebenen Gärten.

Das Haus Nr. 33 befand sich am äußersten Ende der Straße. Es war pfefferkuchenbraun und wirkte noch älter als die anderen. Die dunkle Farbe blätterte in Schuppen überall von ihm ab und ließ darunter einen gelblichen Anstrich zum Vorschein kommen. Im Erdgeschoss hatte das Haus eine windschiefe Veranda und unter dem spitzen Dach einen Balkon, der aussah, als ob er jeden Moment herabfallen könnte.

An der schwarzbraunen Holztür befand sich ein verwittertes Messingschild, in das der Name Eulalia Seidelbast eingraviert war. Philipp betrachtete die verschnörkelten Buchstaben entschieden länger als nötig. Dann drückte er auf die ebenfalls verwitterte Klingel.

Fast im selben Augenblick ging die Tür auf. Mascha hatte offenbar gleich dahinter gestanden. Ihre grünen Augen strahlten ihn an. Offenbar freute sie sich über seinen Besuch, jedenfalls mehr als am Morgen. Sie nahm seine Hand und zog ihn ins Haus. Mit einem dumpfen Geräusch fiel die schwere Tür hinter ihm zu.

Drinnen war es recht dunkel. Der geräumige Flur hatte mehrere Türen, aber nur ein einziges Fenster. Eine geschwungene Treppe mit schwarzbraunem Geländer führte nach oben. So ein großes Haus! Philipp hätte gern in die Zimmer geschaut. Doch leider waren alle Türen geschlossen.

»Zuerst essen wir Kuchen«, sagte Mascha, »und trinken Saft, wenn du willst.«

Philipp nickte. Bei ihm zu Hause stärkten sie sich schließlich auch immer, ehe sie mit dem Lernen begannen.

Mascha schien seine Gedanken zu erraten. »Genau wie bei dir«, sagte sie eifrig. Dann öffnete sie die gegenüber liegende Tür.

Dahinter war die Küche. Was für eine Küche! Die größte und düsterste, die Philipp je gesehen hatte. Und die unordentlichste dazu. Auf den altmodischen Holzschränken standen Lebensmittel in Tüten und Paketen, Dosen und Schüsseln, Gläsern und Flaschen. Aber es gab auch leere Gefäße und solche mit halb vertrockneten Resten.

Der riesige Tisch in der Mitte war ähnlich voll gestellt. Allerdings hatte Mascha eine Ecke frei geräumt und mit Tellern und Bechern gedeckt. Dazwischen lag ein in Papier gewickeltes Päckchen. Vermutlich Kuchen aus der Bäckerei in der Nähe der Schule.

»Soll ich Tee kochen?«, fragte Mascha und trat an den Herd. Auch er war riesig, ein wahres Ungetüm in Schwarz und Silber und Weiß. So ein Ding hatte Philipp bisher nur als Ausstellungsstück im Heimatmuseum gesehen.

Aber dieser Herd war wunderbarerweise noch im Gebrauch. Unter der eisernen Platte

leckten lebendige Flammen über glühende Holzscheite. Philipp sah es ganz deutlich, als Mascha eine der kleinen Türen öffnete, um einen Blick auf das Feuer zu werfen. Ihre rosaroten Locken schienen dabei zu knistern.

Sie schloss das Türchen und drehte sich um. »Oder willst du lieber Saft?«

Philipp nickte. »Ja, lieber Saft.«

»Gut«, sagte sie, durchquerte die Küche und verschwand hinter einer schmalen Tür.

Nach kurzem Zögern folgte ihr Philipp.

Mascha stand in einer bis zum Platzen gefüllten Speisekammer und blickte suchend die voll gestopften Regale entlang. Schließlich ergriff sie eine Flasche mit dunkelrot schimmerndem Inhalt, hielt sie einen Augenblick gegen das Licht und zog dann den Korken mit ihren kleinen, spitzen Zähnen heraus. Sie schnupperte mit geblähten Nasenflügeln und nickte zufrieden. »Gut«, sagte sie wieder. Danach schob sie Philipp hastig in die Küche zurück. Er hatte das Gefühl, dass er sich in der Kammer nicht näher umsehen sollte.

Sie aßen und tranken. Der Kuchen war Streuselkuchen und stammte wirklich vom Bäcker in der Nähe der Schule. Der Saft war Holunderbeersaft und stammte von den Früchten des Baums hinten im Garten. Er war selbst gemacht. Ja, von Tante Eulalia. Mascha nickte, als Philipp sich danach erkundigte.

»Oh doch, Saft machen kann sie.« Das hörte sich an, als ob mit der Tante sonst nicht viel los wäre.

Philipp warf seiner Freundin einen forschenden Blick zu, aber er stellte keine weiteren Fragen. Er war überhaupt ziemlich schweigsam. Das Haus, in dem Mascha wohnte, machte ihn verwirrt und verlegen. Er wusste selbst nicht, warum.

Manchmal hörte er aus dem Garten heisere Vogelstimmen. Nein, nicht aus dem Garten!

Wahrscheinlich kamen sie aus dem Vogelzoo oder auch aus dem Wald. Es mussten große Vögel sein, die da so aufgebracht schrien. Krähen vielleicht. Oder Raben.

Der Kuchen war gut und der Saft war köstlich. Trotzdem atmete Philipp auf, als er seinen Teller leer gegessen und seinen Becher ausgetrunken hatte.

»Jetzt gehen wir lernen«, sagte Mascha und fügte wieder hinzu: »Genau wie bei dir.«

Sie stellten das benutzte Geschirr in ein abgestoßenes Spülbecken und liefen die knarrende Treppe hinauf. Auch oben gab es einen Flur mit mehreren geschlossenen Türen. Die letzte stieß Mascha auf.

»Hier!«, sagte sie triumphierend. »Das ist mein Zimmer. Ganz und gar meins!«

Philipp stellte erleichtert fest, dass ihm das Zimmer gefiel. Es war bunt, so bunt wie der Kasten voller Bauklötze, den er als kleiner Junge gehabt hatte. Das Bett war blau, der Tisch gelb, die Kommode grün und der Kleiderschrank rot. Die Stühle hatten von allen Farben ein bisschen.

»Es sieht lustig aus«, stellte er fest. Und das stimmte.

Mascha lachte zufrieden. »Alles selbst gemacht«, sagte sie. »Angemalt jedenfalls.«

»Von deiner Tante?«, fragte Philipp.

Mascha schüttelte den Kopf. »Bestimmt nicht!«, sagte sie heftig. »Mein buntes Zimmer hat ihr kein bisschen gefallen. Sie fand es schade um die schönen Möbel.«

Philipp bemerkte erst jetzt, dass die Form der Möbel alles andere als modern war. Wenn man sich die Farbe wegdachte, sahen sie reichlich altmodisch aus.

»Lauter Erbstücke«, murmelte Mascha und fügte wütend hinzu: »Ich hasse Erbstücke!«

Philipp dachte an den Ranzen, mit dem sie am Montag bei ihm aufgetaucht war, und nickte verständnisvoll.

»Deshalb habe ich sie angemalt«, erklärte sie stolz. »Jetzt sieht man ihnen nicht mehr an, dass es Erbstücke sind.«

»Nein, wirklich nicht«, sagte Philipp. »Ich finde sie toll.«

Mascha nahm seine Hand und führte ihn zu einem gelben, über und über mit roten Herzen bemalten Stuhl.

»Und jetzt«, sagte sie, »wollen wir arbeiten!«

Sie packten ihre Ranzen aus und lernten wie immer.

Mascha las ein Stück aus dem Lesebuch vor. Sie las flüssig und mit schöner Betonung. Philipp war stolz auf das, was er ihr beigebracht hatte. Er vergaß das seltsame Haus um sich herum. Er vergaß die langen Flure und die geschlossenen Türen. Er vergaß die unordentliche Küche mit dem Herd voll züngelnder Flammen. Er vergaß auch die voll gestopfte Speisekammer, aus der Mascha ihn so hastig hinausgeschoben hatte.

Manchmal vernahm er von draußen die wilden Schreie der Vögel. Dann hob er den Kopf und blickte zum Fenster. Es hörte sich an, als seien sie ganz in der Nähe. Aber wenn Mascha ihre Hand auf seine Hand legte, schaute er schnell wieder ins Buch.

Als sie genug gelernt hatten, beschlossen sie zu spielen.

»Wir gehen in den Garten«, sagte Mascha und fügte auch diesmal hinzu: »Genau wie bei dir.«

Doch der Garten war ganz anders als der bei Philipp zu Hause, viel größer und ziemlich verwildert. Und wenn man an blühenden Beeten vorbei, zwischen Johannisbeersträuchern und Obstbäumen hindurch bis an sein Ende gelaufen war, stand man plötzlich im Wald. Es gibt keinen schöneren Spielplatz als einen Garten, der ohne Zaun, ohne Schranke in den Wald übergeht!

Philipp hatte nicht die leiseste Ahnung, wie viel Zeit vergangen war, als er endlich müde und außer Atem neben Mascha im hohen Gras unter dem Holunderbaum lag. Und er hatte auch keine Lust auf die Uhr zu sehen. Schläfrig lauschte er den heiseren Vogelstimmen, die jetzt so nah waren wie noch nie. Merkwürdig! Eben im Wald waren sie kaum zu hören gewesen. Oder hatte er nur beim Spielen nicht auf sie geachtet?

Er lag ganz still und blinzelte in den tiefblauen Himmel. Die knorrigen Äste des Holunderbaums hingen voll dunkelvioletter Früchte. Tante Eulalia würde bald wieder Saft machen können.

»Du musst mir noch das Kräuterbeet zeigen!« Philipp blickte zu Mascha hinüber. »Du weißt schon! Das Beet, auf dem alle Kräuter der Welt stehen.«

Mascha kaute an einem Grashalm. »Ach, die!«, sagte sie leichthin. »Die wachsen nicht in einem Beet. Die wachsen, wo sie wollen. Überall hier im Garten.«

Philipp stützte sich auf seine Ellenbogen und sah sich um. Ja, er konnte sich gut vorstellen, dass sich in diesem Garten alle Kräuter der Welt angesiedelt hatten. Wieder klang der wilde Ruf eines Vogels herüber. Halb Krächzen, halb Klage.

»Und die Vögel?«, fragte er. »Wo sind die Vögel?«

Mascha schien nachzudenken. »Im Käfig«, sagte sie endlich. »Auf der anderen Seite hinter dem Haus. Willst du sie sehen?«

»Ja, gern!« Philipp sprang auf. Plötzlich war er gar nicht mehr müde. »Sie schreien so merkwürdig. Sind es Raben? Was machen sie in einem Käfig?«

Mascha war ebenfalls aufgestanden. »Schau selbst!«, sagte sie und ging vor ihm her auf das

Haus zu, ging daran vorbei und bog um die Ecke. Dann trat sie zur Seite.

Philipp stockte der Atem. Sie standen vor einem riesigen Vogelkäfig. Der war so breit wie die Wand und reichte bis unter das Dach. Drinnen hockten sechs oder sieben große, düstere Raben - am Boden, auf Stangen und kahlen, künstlichen Bäumen. Hier und da schwang sich einer hinauf, berührte mit seinen Flügeln die Decke oder die Gitterstäbe und stieß einen heiseren Schrei aus. Es war ein schrecklicher Anblick, traurig und unheimlich zugleich.

»Warum sitzen sie da?«, fragte Philipp. »Wer hat sie eingesperrt? Raben gehören nicht in einen Käfig!«

Hinter ihm ertönte ein Kichern. Was sollte das? Lachte Mascha ihn aus?

Er drehte sich um. Aber es war nicht Mascha, die hinter ihm kicherte.

Mascha stand ein ganzes Stück abseits und blickte finster zu Boden. Die da immer noch kicherte, war alt. Sehr alt! Sie trug kein buntes Sommerkleid, sondern einen langen, schwarzen, nicht besonders sauberen Mantel. Sie hatte keine rosagoldenen Locken und keine grünen Augen, sondern graue Zottelhaare und Augen wie Kieselsteine.

»Soso, Söhnchen«, sagte sie, »du meinst, Raben gehören nicht in einen Käfig.«

Philipp nickte. »Ja, das meine ich. Raben sind wilde Vögel. Sie sind unglücklich, wenn man sie einsperrt.«

»Woher weißt du das, Söhnchen?«, wollte sie wissen. »Hast doch noch nie mit ihnen gesprochen. Hast doch noch nie mit ihnen in einem Käfig gesessen!«

Philipp schluckte. Er mochte nicht, was sie da redete. Er mochte nicht, dass sie ihn *Söhnchen* nannte. Er mochte nicht, wie sie ihn ansah. Er mochte die ganze Person nicht. Er konnte nur hoffen, dass diese höchst unangenehme alte Schachtel …

Plötzlich stand Mascha neben ihm und schob ihre Hand in seine Hand. Er atmete auf.

Sie blickte zwischen ihm und der fremden Frau hin und her.

»Das ist mein Freund Philipp«, sagte sie laut und deutlich. »Und das ist meine Tante Eulalia.«

Eulalia Seidelbast

Philipp erschrak. Doch allzu überrascht war er seltsamerweise nicht. Er hatte es geahnt. Er hatte es nur nicht wahrhaben wollen.

Das also war Eulalia Seidelbast! Maschas Tante. Die Frau, auf die er so neugierig gewesen war und die er unbedingt hatte kennen lernen wollen. Jetzt wäre er am liebsten weggelaufen.

Er zwang sich stehen zu bleiben und sagte, so höflich er konnte: »Guten Tag, Frau Seidelbast. Ich gehe in Maschas Klasse.« Die Alte nickte ihm zu. »Soso, in Maschas Klasse. Was macht ihr da, Söhnchen? Jeden Morgen, fünfmal in der Woche. So viel verschwendete Zeit!«

Philipp staunte. Er hatte noch nie einen Erwachsenen sagen hören, dass man in der Schule seine Zeit verschwendete.

»Wir lernen eben«, murmelte er.

»Und was?«, wollte sie wissen.

Er warf Mascha einen fragenden Blick zu. Erzählte sie ihrer Tante denn gar nichts ?

»Wir lernen, was man im dritten Schuljahr so lernt«, erklärte er zögernd. »Das Einmaleins und … Ach, Sie wissen schon.«

»So viel verschwendete Zeit!«, wiederholte die Alte. »Alles, was man braucht, kann man zu Hause lernen. Das habe ich Mascha schon immer gesagt. Doch sie will es einfach nicht glauben.«

»Aber man muss in die Schule!«, rief Philipp. »Sie sind doch bestimmt auch in die Schule gegangen.«

»Ich, Söhnchen?« Eulalia Seidelbast verzog kichernd den Mund und ließ dabei ein paar bräunliche Zahnstummel sehen.

»Warum das denn? Schrummschrumm. Schule macht dumm.«

Es reimte sich, was sie sagte. Und es hörte sich ziemlich verrückt an. Philipp musste lachen. Er stellte sich vor, was Mama dazu gesagt hätte. Und Frau Paulsen. Und erst Herr Hähnchen!

Er nahm einen neuen Anlauf. »Ich meine, als Sie ein Kind waren. Hat Sie da niemand in die Schule geschickt?«

»Nein, niemand!« Sie schüttelte den Kopf, dass ihr das graue Zottelhaar um den Kopf flog. »Ich habe alles bei meiner klugen Mutter gelernt.

Und bei meiner weisen Großmutter. Und bei meinen schlauen Tanten. Ach ja, das waren herrliche Zeiten!«

Philipp sah sie nachdenklich an. Eulalia Seidelbast musste noch älter sein, als er gedacht hatte. Selbst seine Oma war zur Schule gegangen. Das wusste er ganz genau.

Die Raben, die bisher still und teilnahmslos in ihrem Käfig gehockt hatten, gerieten plötzlich in Aufruhr. Wie auf Kommando brachen sie in wildes Geschrei aus, schlugen mit den Flügeln und flatterten kreuz und quer durch ihre enge Behausung.

»Schon gut, meine Jüngelchen!«, sagte Frau Seidelbast. »Ihr müsst mich nicht mahnen. Ich weiß, ihr seid hungrig. Ich weiß, ihr wollt euer Abendbrot haben.«

Sie bückte sich und hob mit der einen Hand einen großen Eimer vom Boden. In dem wimmelte es bis zum Rand von Würmern, Raupen und Schnecken. Mit der anderen Hand zog sie einen Schlüssel aus der Manteltasche und öffnete damit auf der einen Seite des Käfigs eine niedrige Tür. Sie bückte sich, ging hinein und zog die Tür sorgsam hinter sich zu.

Philipp trat dicht an das Gitter und sah mit Grausen, wie Eulalia Seidelbast den ekligen Inhalt des Eimers auf dem nackten Boden verteilte und wie sich die Vögel flatternd und krächzend darüber hermachten.

»Komm, fort!«, flüsterte Mascha dicht neben ihm und zog heftig an seiner Hand. Erst jetzt ging ihm auf, dass sie sich an der ganzen Unterhaltung nicht mit einer einzigen Silbe beteiligt hatte. Sie war blasser als sonst und in ihren grünen Augen stand ein Ausdruck, den er noch nie darin gesehen hatte.

Schon wollte er ihr folgen, als hinter ihm plötzlich ein eigenartiger Singsang ertönte. Er drehte sich um. Eulalia Seidelbast stand mitten im Vogelkäfig, schwenkte den leeren Eimer und wiegte sich mit ihrem ganzen Körper hin und her. Dazu sang sie mit tiefer, volltönender Stimme:

»Raben, Raben
waren einst Knaben.
Haben gesungen,
sind rumgesprungen.
Jetzt schweigen sie still,
weil die Herrin es will.«

Und die großen schwarzen Vögel, die eben noch krächzend und miteinander kämpfend um sie herumgeflattert waren, ließen sich irgendwo nieder, falteten ihre Schwingen zusammen und starrten stumm vor sich hin.

»Komm, fort!« Mascha fasste Philipps Hand fester. Diesmal gehorchte er. Hinter ihm verklang die zweite Strophe von Frau Seidelbasts Lied. Dic Wörter verstand er nicht mehr.

Wie gehetzt liefen die Kinder ins Haus, rannten durch den Flur, sprangen die Treppe hinauf und stürzten in Maschas Zimmer. Philipp atmete auf. Das Zimmer war genauso lustig und bunt, wie er es in Erinnerung hatte. Es kam ihm vor wie eine rettende Insel. Er ließ sich auf einen Stuhl fallen und keuchte vor Lachen. »Deine Tante ... Oh, Mascha ...« Philipps Stimme überschlug sich. »Ist sie verrückt?«

Mascha gab keine Antwort. Blass und still setzte sie sich zu ihm an den Tisch und blickte in ihren Schoß. Mit einem Mal war sie ihm fremd. Er hätte gern mit ihr über ihre Tante gesprochen. Über die Raben. Den Garten. Das Haus. Er hätte ihr gern tausend Fragen gestellt. Aber er bekam kein Wort mehr über die Lippen.

Mascha sah abweisend aus. Vielleicht auch traurig. Jedenfalls ganz anders als in der Schule oder bei ihm zu Hause. Philipp sehnte sich nach dem Blick ihrer grünen Augen. Doch sie blätterte in ihrem Lesebuch und schaute ihn nicht an.

»Von mir aus können wir noch ein bisschen lernen«, sagte er schließlich.

Sie schüttelte ohne aufzublicken den Kopf.

»Wir können auch spielen«, schlug er vor.

Sie hob die Schultern. »Ach, Spielen ist blöd.«

Das war doch wohl nicht ihr Ernst! Was sollten sie sonst machen? Philipp versuchte sein Unbehagen herunterzuschlucken. Am liebsten wäre er nach Hause gegangen. Trotzdem hatte er das Gefühl, dass er Mascha nicht einfach allein lassen durfte. Aber ewig so herumsitzen und nichts tun konnte er auch nicht. In seinen Armen und Beinen kribbelte es bereits.

Er stand zögernd auf. »Ich muss mal aufs Klo«, sagte er. »Habt ihr … Gibt es … Ich meine, wo ist das Bad?«

Endlich sah Mascha ihn an. Ein Glück! Ihre Augen waren genauso grün wie immer. Sie lachten sogar ein bisschen. »Ja, natürlich gibt es ein Bad. Genau wie bei dir! Im unteren Flur die letzte Tür links.«

Erleichtert sprang Philipp die Treppe hinunter und öffnete die richtige Tür. Das Bad war groß und altmodisch. Das Klo hatte oben unter der Decke einen klobigen Spülkasten. Die Badewanne stand auf Löwentatzen neben einem riesigen, summenden Badeofen, vor dem ein wenig Asche verstreut war. An den Wänden hingen lange Ketten duftender Kräuterkissen und unter dem angeschlagenen Spiegel drängten sich so viele Töpfchen, Tiegel und Tuben, dass Mama gewiss ihre helle Freude daran gehabt hätte.

Philipp trödelte eine Weile herum. Er glaubte

nicht, dass Mascha ungeduldig auf ihn wartete. Auch als er wieder im Flur stand, zögerte er. Er hätte zu gern gewusst, was sich hinter den Türen verbarg. Langsam schlenderte er von einer zur anderen. Er berührte das dunkle Holz mit den Fingerspitzen oder legte die Hand manchmal leicht auf eine der silbernen Klinken.

An der letzten Tür konnte er endlich nicht widerstehen. Er verstärkte den Druck seiner Hand und drückte die Klinke behutsam herunter. Mit kaum hörbarem Knarren schwang die Tür nach innen. Philipp holte tief Luft und erschrak vor dem Geräusch seines eigenen Atems.

Bläuliche Dämmerung erfüllte den Raum.

Die Fensterläden waren geschlossen, die Vorhänge fast zugezogen. Nur eine tief über dem Tisch hängende Lampe, bleich und rund wie der Vollmond, verbreitete einen magischen Schein. Das Licht war keineswegs hell, drang aber bis in den letzten Winkel.

Die ganze Einrichtung war schwarz, sogar der Schleier über dem riesigen Himmelbett. Nur Kissen und Decken waren tiefrot, genau wie der Teppich. An der Stange über dem Fenster hing zwischen den Vorhängen eine große Fledermaus und schaukelte im Luftzug sacht hin und her. War sie ausgestopft oder schlief sie nur?

Philipp stand an der Tür und rührte sich nicht. Er konnte weder vor noch zurück. Er hatte das Gefühl, dass er auf ewig da stehen bleiben musste, so lange, bis ihn jemand erlöste. Aber wer? Eulalia Seidelbast? Nur ihr konnte dieses grässliche Zimmer gehören. Und es war ihr sicher nicht recht, dass Philipp die Tür aufgemacht und hineingeschaut hatte.

Nach einer Weile bewegte er vorsichtig seine Finger und Zehen, seine Hände und Füße, seine Arme und Beine. Dann tat er zu seiner eigenen Überraschung einen winzigen Schritt vorwärts, über die Schwelle, in Frau Seidelbasts Zimmer. Etwas zog ihn hinein - irgendein schrecklicher Zauber, dem er nicht widerstehen konnte. Er rechnete damit, dass etwas Furchtbares geschehen würde. Als alles ruhig blieb, atmete er auf, ging mit drei großen Schritten weiter und machte die Tür hinter sich zu.

Das schummrige Licht der mondhellen Lampe war seinen Augen nicht unangenehm. Er ging zwischen den Möbeln herum und betrachtete jeden Gegenstand ganz aus der Nähe. Er strich mit den Fingern über die Oberfläche, fand die Schubladen der Kommode leider verschlossen, entdeckte in der Ecke daneben einen zerkratzten Katzenkorb, schnupperte an den winzigen weißen Blüten einer üppigen Topfblume und zog endlich den Schleier über dem Himmelbett ein wenig zur Seite. Ein starker Geruch nach Baldrian schlug ihm betäubend entgegen.

Schnuppernd trat Philipp näher. Das Bett sah gemütlich aus, fand er, wenn man sich nur erst an die düsteren Farben gewöhnt hatte.

Plötzlich entstand zwischen den Kissen eine kleine Bewegung. Philipp erschrak. Dann lächelte er. Da lag eine Katze! Eine große, kräftige, vollkommen schwarze Katze, die ihn aus leuchtend gelben Augen aufmerksam ansah und dann mit bebenden Nüstern zu schnurren begann. Er hätte sie gern gestreichelt. Doch als sie sich streckte und dabei ihre spitzen, gebogenen Krallen zeigte, zog er sich leise zurück und setzte seinen Erkundungsgang fort.

Je mehr Philipp sich umschaute, desto wohler fühlte er sich seltsamerweise. Den Blick auf die Fledermaus vor dem Fenster vermied er. Aber sonst konnte er kaum noch verstehen, warum ihm das Zimmer anfangs einen solchen Schrecken eingejagt hatte.

An der Wand gegenüber dem Bett standen zwei deckenhohe, verschnörkelte Schränke. Die Schlüssel steckten im Schloss. Nach kurzem Zögern öffnete Philipp den ersten Schrank. Darin hingen Eulalia Seidelbasts Kleider. Schnell machte er ihn wieder zu. Kleider interessierten ihn nicht.

Die nächste Tür klemmte ein wenig. Erst als er mit den Fingern nachhalf, gingen beide Flügel quietschend auf. Philipp trat staunend zurück. Dies war kein Kleiderschrank, sondern ein Besenschrank! Eine Menge Besen standen hübsch ordentlich aufgereiht. Es waren ganz unterschiedliche Besen, lange und kurze, dicke und dünne, abgenutzte und nagelneue, Straßenbesen und Stubenbesen.

Philipp rührte sich nicht. Wozu brauchte Eulalia Seidelbast so viele Besen? Ihn fröstelte plötzlich. Oh Schreck! Er ahnte die Antwort. Eine Weile blieb er gedankenverloren stehen, dann streckte er langsam die Hand aus. Er wollte einen der Besen anfassen und aus dem Schrank holen. Er wollte wissen, wie er sich anfühlte. Er wollte ausprobieren, ob er …

Plötzlich knarrte die Zimmertür. Ein Luftzug streifte sein Ohr und strich über seinen Nacken. Philipp zuckte zusammen. Einer der Schlüssel des Kleiderschranks sprang aus dem Schloss und fiel auf den Boden.

Philipp wagte nicht sich zu bücken. Er wagte nicht sich umzudrehen. Hinter ihm kicherte es, genauso wie es draußen am Vogelkäfig hinter ihm gekichert hatte.

»Soso, Söhnchen!« Es gab nur eine, die ihn so nannte. Nur eine, die so kicherte. »Bist in mein Zimmer gegangen, hast meinen Schrank geöffnet, hast meine Besen gefunden. Wie gefallen dir denn meine Besen?«

Jetzt drehte sich Philipp um. »Gut«, sagte er gepresst und versuchte ein harmloses Gesicht zu machen. »Es sind schöne Besen. Und so viele!«

Eulalia Seidelbast neigte kichernd den Kopf. Im magischen Licht der Lampe wirkten ihre bräunlichen Zahnstummel noch abstoßender. »Stimmt, Söhnchen! Und alle werden gebraucht.«

Philipp nickte.

Ihr kichernder Mund kam näher. »Und weißt du, wozu ich sie brauche?«

»Zum Saubermachen, nehme ich an.«

Es sah aus, als ob sie ihn gleich in die Nase beißen würde. »Nein, Söhnchen, nicht zum Saubermachen. Zum Reiten!«

»Aha, zum Reiten«, wiederholte er töricht. Eulalia Seidelbast warf die Arme hoch und spreizte die Finger.

»Huii, huiii, durch den Kamin und zum Schornstein hinaus!«

Nein, Eulalia Seidelbast war nicht verrückt. Und sie sagte die Wahrheit. Philipp wusste es.

Doch über diese Wahrheit wollte er lieber nicht nachdenken. »Ich muss nach Hause«, sagte er. »Lassen Sie mich vorbei!«

Sie kicherte so boshaft wie noch nie. »Soso, Söhnchen! Zuerst gehst du heimlich in mein Zimmer und stöberst in meinen Sachen herum und dann willst du einfach verschwinden.«

»Entschuldigung!«, stieß er hervor. »Es tut mir Leid, dass ich so neugierig war. Aber ich habe nichts angerührt. Nur geguckt.«

Sie wiegte zweifelnd den Kopf. Ihre kalten, grauen Augen hatten jetzt einen rötlichen Glanz. »Wer weiß. Söhnchen, wer weiß! In jedem Fall musst du bestraft werden.«

Bestraft? Philipp schluckte. Wie wollte sie ihn denn um Himmels willen bestrafen?

Eulalia Seidelbast beugte sich vor. »Wirst wohl in den Käfig müssen, mein Jüngelchen. In den Vogelkäfig hinter dem Haus!«

»Zu den Raben?«, fragte Philipp entsetzt.

»Ja, zu den Raben.« Sie nickte kichernd. »Wirst bald selbst einer sein. Wirst flattern und krächzen wie sie. Wirst mir gehorchen und jeden Tag auf dein Abendbrot warten.«

Philipp würgte. Er dachte an den Eimer voller

Würmer, Raupen und Schnecken, den sie in den Käfig gebracht hatte. Sein Magen rebellierte. Aber nicht nur sein Magen! Er stieß Frau Seidelbast mit beiden Armen zurück und stürzte an ihr vorbei.

Sie war allerdings längst nicht so schwach, wie sie aussah. Sie fühlte sich an, als sei sie aus Eisen. Und sie war so schnell wie ein Panter. Schon spürte Philipp ihre knochige Hand im Nacken. Ihre krummen Finger krallten sich in sein T- Shirt. Er versuchte sich auf den Boden zu werfen. Aber die Hand hielt ihn fest. Einen Augenblick zappelte er noch, dann gab er auf. Seine Arme und Beine erlahmten. Sein Kopf baumelte hilflos herab.

»Lass ihn los!«

Woher kam diese Stimme? Philipp spitzte die Ohren.

»Lass ihn sofort los!«

Er hob den Kopf und straffte die Schultern.

»Tante Eulalia, hörst du mich nicht?«

Er reckte den Hals und blickte zur Tür.

Oh, welch ein Glück! Ja, da stand Mascha. Seine Freundin und Retterin. Gebückt wie zum Sprung. Ihre rosagoldenen Locken tanzten wie

aufgestachelte Schlangen und ihre grünen Augen sprühten zornige Funken.

»Ich warne dich, Tante Eulalia!«

Erleichtert merkte Philipp, dass die krummen Finger sich lockerten, dass die knochige Hand ihre Stärke verlor.

»Komm her!«, befahl Mascha. Diesmal meinte sie ihn. »Bring den Besen mit!«, fügte sie hinzu. »Den längsten, der da ist.« Sie selbst rührte sich nicht. Sie blieb an der Tür stehen und ließ ihre Tante nicht aus den Augen.

Eulalia Seidelbast schäumte vor Zorn. Ihre roten Augen glühten wie die Holzscheite in ihrem Küchenherd. Als Philipp sich in Bewegung setzte, packte sie ihn an der Schulter.

»Schnell, den Besen!«, rief Mascha.

Da riss er sich los und flitzte zum Schrank. Die Katze schoss wie ein schwarzer Blitz aus dem Bett und fuhr ihm fauchend zwischen die Beine. Im Handumdrehen ergriff Philipp den erstbesten Besen und rannte damit zur Tür.

»Gib her!«, sagte Mascha. »Sitz hinter mir auf!« Schon saß sie selbst rittlings auf dem Besen.

Philipp überlegte nicht lange, sondern tat, was sie gesagt hatte. Als Eulalia Seidelbast wutschnaubend auf ihn losstürzte und ihn mit gierigen Händen zu halten versuchte, schloss er einfach die Augen und schlang beide Arme um Mascha. Im selben Moment erhob sich der Besen und fuhr mit den Kindern wie ein Windstoß zur Tür hinaus.

Eulalia Seidelbast blieb heulend zurück.

Der Ritt auf dem Besen

Zisch, machte der Besen. Ziiisch! Und schoss wie eine Rakete den Flur entlang. Zum Glück nicht durch den Kamin und zum Schornstein hinaus, sondern durch das offen stehende Fenster.

»Festhalten!«, schrie Mascha. »Es geht hinauf!«

Philipp japste und kniff die Augen zu. Sprechen konnte er nicht. Sein Magen bewegte sich, als säße er in einem Fahrstuhl. In einem sehr schnellen Fahrstuhl nach oben! Doch um ihn herum war kein schützendes Gehäuse, sondern nur klare, kühle, sausende Luft.

Halt!, dachte Philipp. Es reicht! Ich will nicht noch höher hinauf!

Gleich darauf merkte er, dass der Besen seinen Höhenflug tatsächlich bremste und sich geradeaus weiterbewegte. Da endlich wagte er die Augen zu öffnen. Zuerst blinzelte er nur. Dann hob er den Kopf und schaute sich um.

Haus und Garten lagen bereits ein ganzes

Stück hinter ihnen. Sie flogen über den Wald. Und der Wald war ganz fremd, nur noch ein Dach aus hellem und dunklem Grün, das keinen Baumstamm erkennen ließ, das alle Wege verbarg.

Es wurde schon Abend. Blaue Dämmerung erfüllte die Luft. Zu seiner Linken sah Philipp die Sonne untergehen, zu seiner Rechten sah er den Mond aufsteigen. Es war wie im Traum. Und mit einem Mal merkte er, dass dieser Traum ihm gefiel. Je weiter der Besen ihn trug, umso mehr. Der Traum machte ihn leicht und frei. Manches, was ihn unten im Haus noch mit Angst und Schrecken erfüllt hatte, erschien ihm nun selbstverständlich.

Er beugte sich vor, brachte seinen Mund dicht

an Maschas Ohr und fragte: »Eulalia Seidelbast ist eine Hexe, nicht wahr?«

Sie drehte ein wenig den Kopf und er sah, dass sie lachte. »Stimmt!«, rief sie über die Schulter. »Aber Mascha Marabu auch!«

»Juchhu!« Philipp konnte nicht anders. Er stieß einen lauten Jubelruf aus. »Juchhu! Es lebe Mascha Marabu!«

Maschas ganzer Körper bebte vor Lachen. Sie blickte wieder nach vorn. »Achtung!«, schrie sie. »Wir landen!«

Der Besen beschrieb eine Kurve und flog einen großen Kreis. Dann sank er langsam herab. Mitten in einer Baumkrone kam er zwischen wippenden Ästen und tanzenden Blättern zur Ruhe.

»Das ist mein Lieblingsplatz«, sagte Mascha. »Immer wenn ich es zu Hause nicht aushalte, komme ich hierher.« Sie schob den Besen zwischen die Zweige und machte es sich bequem. Philipp tat es ihr nach. An den Stamm gelehnt saßen sie nun wie in einem gemütlichen Nest. Der Himmel über ihnen war dunkelblau und mit den ersten Sternen bestickt.

»Jetzt erzähl aber mal!«, sagte Philipp.

Sie sah ihn nicht an, aber sie nickte. »Was willst du wissen?«

»Alles!«, verlangte er eifrig. »Wo du herkommst, warum du bei deiner Tante wohnst, wo deine Eltern sind...«

Sie legte den Kopf an den Baumstamm und

sah durch das Blättergewirr in den milchweißen Mond. Dabei begann sie leise zu summen. Philipp dachte schon, dass sie nun doch nicht antworten wollte. Doch aus dem Summen wurde ein Singen.

»Meine Mutter, die mich verließ,
mein Vater, der mich verstieß,
sind weggezogen,
sind fortgeflogen,
leben im Glück.
Ich blieb zurück.«

Darauf war es eine Weile ganz still. Nur ein Käuzchen schrie und unten raschelte ein Igel durch die Büsche.

Endlich fragte Philipp: »War das nur ein Lied? Oder haben dich deine Eltern wirklich verlassen und verstoßen?«

Mascha zuckte die Achseln. »Ja, das haben sie wirklich. Meine Mutter war auch eine Hexe, das kannst du dir denken. Mein Vater war Weltraumforscher und kam aus Amerika. Er sagte, er würde ihr die Sterne vom Himmel holen. Er wollte *sie*, aber *mich* wollte er nicht. Da ging sie mit ihm nach Amerika und ließ mich bei meiner Tante.«

»Allerhand«, murmelte Philipp. Er hatte nicht die Absicht Maschas Mutter zu beleidigen, aber er wusste, dass seine Mama ihn niemals verlassen hätte. Nicht für alle Sterne der Welt.

»Ich hasse Tante Eulalia!«, sagte Mascha. »Sie ist gemein bis auf die Knochen – und obendrein hoffnungslos altmodisch. Sie hat bloß ihre blöden Hexereien im Kopf. Sie versteht eine Menge von Kräutern, Beeren und Pilzen, aber ohne ihre Hexenbrille kann sie weder lesen noch schreiben. Und ich soll genauso werden wie sie.«

»Aber das willst du nicht«, stellte Philipp fest.

Sie schüttelte heftig den Kopf. »Nein, das will ich ganz und gar nicht! Ich will einen richtigen Beruf haben – Busfahrerin oder Zoodirektorin oder Lehrerin.«

»Klar.« Philipp nickte. »Und deshalb willst du was lernen.«

Sie nickte ebenfalls. »Deshalb bin ich zu euch in die Schule gekommen.«

»Und ist deiner Tante das recht?«

»Natürlich nicht. Sie hofft, dass ich die Schule bald satt habe.«

»Und? Hast du?«

»Nein! Schule ist schön. Frau Paulsen ist nett. Lernen macht Spaß.«

Philipp runzelte die Stirn. Er hatte die Sache schon anders gesehen.

»Und du bist mein Freund«, fügte Mascha hinzu. »Wenn ich nicht in die Schule gekommen wäre, hätte ich dich nie kennen gelernt.«

Da hatte sie zweifellos Recht. Aber Philipp musste noch mehr wissen. »Die Raben«, sagte er,

»die Raben im Käfig hinter dem Haus ... Was ist mit den Raben?«

Er hatte Angst, als er sah, dass sie schauderte. »Sie waren nicht immer Raben.«

Philipp erinnerte sich an Eulalia Seidelbasts Lied und schauderte ebenfalls. »Wer waren sie denn?«

Mascha sah ihn aufmerksam an. »Willst du das wirklich wissen?«

Philipp schluckte. Er brachte kein Wort heraus, aber er nickte.

Mascha wandte sich ab. »Alle Hexen wünschen sich Töchter. Über Söhne sind sie nicht so besonders erfreut.«

»Nicht?«, fragte Philipp erstaunt. »Warum nicht?«

»Mädchen sind ihnen ähnlich. Mit denen können sie umgehen. Aber Jungs sind manchmal sehr aufsässig. Sie tun nicht, was ihre Mütter verlangen. Die meisten wollen nicht hexen lernen.«

In Philipps Kopf überstürzten sich die Gedanken.

»Eine der Hexen«, fuhr Mascha fort, »bekam sieben Söhne und keine einzige Tochter. Sie gab sich alle Mühe ihnen das Hexen beizubringen. Aber die Jungs lachten sie aus und taten, was sie wollten. Da gab sie alle sieben zu Tante Eulalia in die Lehre.«

»Was für eine Rabenmutter!« Erschrocken hielt sich Philipp die Hand vor den Mund. So hatte er das gar nicht gemeint!

Mascha zuckte die Achseln. »Sie dachte eben, eine fremde Lehrmeisterin würde mehr ausrichten als die eigene Mutter.«

»Und? Hat sie mehr ausgerichtet?«

»Nein, die sieben Jungs gehorchten ihr nicht und spielten ihr einen Streich nach dem anderen. Da mussten sie schließlich dran glauben.«

»Wann denn? Wie denn? Warum denn?«

»Letzten Sommer hat Tante Eulalia sie in Raben verwandelt, weil sie beim Fußballspielen in ihrem Garten alle Krauter zertreten und dann auch noch ihren besten Besen kaputt gemacht hatten.«

Philipp sah Mascha entsetzt an. »Warst du dabei?«

»Nein, als ich nach Hause kam, saßen sie schon im Käfig.«

»Konntest du ihnen nicht helfen?«

Mascha schüttelte ihre flimmernden, schimmernden Haare zurück. »Noch nicht. Noch ist meine Tante stärker als ich. Aber ich übe! Ich übe heimlich. Ich übe in jeder freien Minute.«

»Wenn sie dich erwischt«, sagte Philipp, »dann ...«

»Schscht«, unterbrach ihn Mascha und hob lauschend den Kopf.

Ganz in der Nähe stieß ein unsichtbarer Vogel einen schrillen Jagdruf aus. Dann strichen starke Schwingen ein paar Mal um die Baumkrone herum.

Mascha legte den Finger über die Lippen. Erst der Ruf sich entfernte, flüsterte sie: »Ich glaube, das war sie! Sie kann sich nämlich in eine Eule verwandeln.«

Philipp stöhnte. »Deine Tante? Auch das noch! In eine Eule?«

Mascha nickte. »Sie sucht mich. Ich muss bald nach Hause.«

Philipp erschrak. Er selbst musste auch nach Hause. Er hätte längst gemusst. Seine Eltern waren bestimmt schon ganz außer sich vor Ärger und Angst. Und sie würden ein schreckliches Theater machen.

»Komm!«, sagte Mascha. »Ich bringe dich heim.«

Sie waren beide ganz außer Atem, als sie im Garten zwischen den Sonnenblumen sacht auf den Boden sanken. Die Straße war menschenleer. Niemand hatte ihre Landung bemerkt.

»Warte auf mich!«, wisperte Mascha. »Nur einen Moment.«

Philipp stand da, den Besen in der Hand, und blickte sich um. Er hatte keine Ahnung, wohin sie verschwunden war. Ein Windstoß fuhr durch den Garten und oben auf dem Dach klapperten ein paar lose Ziegel. Doch ehe er ungeduldig werden konnte, war Mascha zurück und zog ihn zum Haus, allerdings nicht zur Tür, sondern zum Fenster. Die Vorhänge waren zurückgezogen und man konnte ohne Schwierigkeiten ins Wohnzimmer schauen.

Philipp drückte sein Gesicht verblüfft gegen die Scheibe. Da saßen seine Eltern Seite an Seite in aller Ruhe vor dem Fernseher und guckten offenbar einen Krimi.

»Das verstehe ich nicht«, flüsterte er. »Sie haben mich anscheinend gar nicht vermisst.«

Mascha kicherte. Sie kicherte lieb und lustig. Ganz anders als ihre Tante. »Sie denken, dass du oben in deinem Bett liegst!«

»In meinem Bett?« Philipps Verblüffung nahm zu. »Wieso denken sie das?«

»Frag nicht so viel!«, kicherte Mascha. »Sie haben auch nicht gefragt.«

»Und wie soll ich jetzt ins Haus kommen?«, wollte er wissen. Mascha nahm seine Hand. »Nichts leichter als das.«

Im nächsten Augenblick lag Philipp oben in seinem Bett. Im Schlafanzug. Ordentlich zugedeckt. Den frischen Geschmack von Zahnpasta auf seinen Lippen. Hatte er nur geträumt? Vielleicht war er eben aufgewacht und erinnerte sich nun an seinen Traum. Er kratzte sich in der Armbeuge, wo ihn irgendetwas gepikst hatte, und bekam ein winziges dürres Ästchen zu fassen. Ein Stückchen Reisig.

»Mascha«, flüsterte er.

Aber Mascha war fort. Jedenfalls sah er sie nicht. Er hörte nur ihre Stimme. »Gute Nacht!«, wisperte sie. »Wir sehen uns morgen früh in der Schule.«

Doch zum ersten Mal hatte Mascha ihm etwas versprochen, das sie nicht hielt. Denn am nächsten Morgen war sie nicht da.

Die Schule brennt!

Bis zur letzten Minute stand Philipp am Tor und blickte die Straße entlang. Vergeblich. Als er bald darauf in der Klasse saß, hoffte er immer noch, dass Mascha gleich kommen würde. Aber ihr Platz blieb leer. Was konnte nur mit ihr los sein?

Während des Unterrichts saß Philipp da, starrte auf die Tischplatte und machte sich Sorgen. Er glaubte nicht, dass Mascha krank war. Mitten in der Nacht war sie schließlich noch munter gewesen. Hoffentlich war sie danach nicht vom Besen gefallen! Hoffentlich war sie heil nach Hause gekommen! Hoffentlich hatte Eulalia Seidelbast … An dieser Stelle legte Philipp den Kopf auf den Tisch und schloss die Augen.

»Schläfst du, Philipp?«, fragte Frau Paulsen. »Was hast du denn bloß heute Nacht gemacht?«

Ja, wenn er ihr das hätte erzählen können! Philipp seufzte und zuckte bedauernd die Achseln. Dann setzte er sich aufrecht hin.

Mitten in der Stunde ging plötzlich die Tür auf. Die Klasse 3b schwankte zwischen Belustigung und Entsetzen. Da stand Mascha Marabu, barfuß im Nachthemd, und sah aus, als sei sie unter die Räuber gefallen. Ihre rosagoldenen Locken klebten strähnig in dem ruß verschmierten Gesicht. Das lange Hemd war ebenfalls voll schwarzer Flecken und Streifen und hing teilweise zerfetzt an ihr herunter.

»Um Himmels willen!«, rief Frau Paulsen entsetzt. »Kind, was ist denn mit dir los?«

Mascha machte die Tür zu und blickte an sich

hinunter bis auf die nackten, schmutzigen Füße. »Ach, das sieht schlimmer aus, als es ist.« Sie marschierte an Frau Paulsen vorbei zu ihrem Platz.

Philipp schaute ihr mit gemischten Gefühlen entgegen. Er war froh über ihr Kommen und erschrocken über ihr Aussehen. Die anderen steckten tuschelnd die Köpfe zusammen und starrten neugierig herüber.

Auch Frau Paulsen hatte sich noch keineswegs beruhigt. »Ist wirklich alles in Ordnung mit dir, Mascha?«, fragte sie. »Du siehst reichlich merkwürdig aus.«

»Kann schon sein.« Mascha zuckte die Achseln. »Ich habe nicht in den Spiegel geguckt.«

»Ich glaube, du hast dich nicht mal gewaschen«, sagte Frau Paulsen. »Und dann dieses – Kleid! Ist das ein Nachthemd?«

Mascha nickte. »Klar ist das ein Nachthemd! Nicht gerade mein bestes, aber ich habe es gern.«

Frau Paulsen schüttelte den Kopf. Man sah ihr an, dass sie noch nie ein Kind im Nachthemd in ihrer Klasse gehabt hatte.

»Was sagt denn deine Tante dazu?«, erkundigte sie sich. »Ich verstehe nicht, dass sie dich so aus dem Haus gelassen hat.«

Mascha schlug mit der Faust auf den Tisch. »Hat sie auch gar nicht! Das wars ja gerade.«

»Wieso?«, fragte Frau Paulsen verblüfft. »Wollte sie nicht, dass du zur Schule gehst?«

»Will sie doch nie«, antwortete Mascha düster. »Aber ich wollte! Sie hat mich eingesperrt und ich bin durchgebrannt. Drum sehe ich auch so aus.«

Frau Paulsen wandte sich ab und schlug das Mathebuch auf. »Wir reden ein andermal drüber. Am besten mit deiner Tante. Und nun wollen wir weitermachen!«

Philipp und Mascha steckten die Köpfe zusammen. Sie mussten schließlich beide in Philipps Mathebuch gucken, weil Mascha mal wieder keinen Ranzen mithatte.

»Was war los?«, flüsterte Philipp. »Warum hat deine Tante dich eingesperrt? Wo ist sie jetzt?«

Frau Paulsen warf ihm einen mahnenden Blick zu. »Noch Fragen, Philipp? Dann warte damit bis zur Pause!«

Da war nichts zu machen. Philipp musste sich wohl oder übel gedulden. In der großen Pause durfte er Mascha immerhin im Klassenzimmer Gesellschaft leisten. Frau Paulsen wollte nicht, dass sie in ihrem zerrissenen, schmutzigen Nachthemd auf dem Schulhof herumlief.

»Schnell!«, sagte Philipp, sobald sie allein waren. »Erzähl mir, was los war!«

Zum ersten Mal sah Mascha ihn wieder richtig an. Ach, wie hatte er sich nach dem Funkeln ihrer grünen Augen gesehnt!

»Das ist in drei Sätzen getan. Tante Eulalia hat heimlich in meinem Tagebuch gelesen. Sie weiß jetzt, dass ich auf keinen Fall so werden will wie sie. Und dass mir die Schule Spaß macht!«

»Verstehe«, murmelte Philipp, »deshalb wollte sie dich gar nicht mehr hinlassen.«

»Genau. Sie hat alle Fenster und Türen zugesperrt und meine Kleider versteckt. Da bin ich im Nachthemd zum Schornstein hinaus.«

Philipp nickte. »Auf dem Besen, nehme ich an.«

»Klar«, sagte sie, »aber sobald ich draußen war, bin ich zu Fuß weitergegangen. Den Besen hatte ich unter dem Arm. Er steht jetzt draußen im Hof.«

Sie grinsten sich verschwörerisch an. Den Besen hatte Mascha Frau Paulsen verschwiegen. Eine Lehrerin musste schließlich nicht alles wissen. Und es gab Grenzen für das, was man ihr zumuten konnte.

Nach der Pause hatten sie Deutsch und sprachen über zusammengesetzte Wörter. Frau Paulsen wollte Beispiele hören.

»Reisigbesen«, rief Philipp.

»Hexenritt«, rief Mascha.

Beides war richtig. Niemand verstand, warum Philipp und Mascha über ihre eigenen Antworten so lachen mussten.

Jedenfalls wurde es eine lustige Deutschstunde. Sie erfanden eine Geschichte, in der lauter zusammengesetzte Wörter vorkamen. Jedes Kind musste sich einen Satz ausdenken.

Laura fing an: »Ich sehe einen Wolkenkratzer.«

Mascha hob schnuppernd die Nase. »Von irgendwo kommt Brandgeruch.«

»Ja, *Brandgeruch* ist ein tolles Wort!«, meinte Frau Paulsen. »Aber du bist noch gar nicht dran.«

Mascha stand auf. »Vor dem Fenster ist eine Rauchwolke!«

»Sitzen bleiben und nicht in die Klasse rufen!«, mahnte Frau Paulsen. »Jeder sagt nur einen einzigen Satz.«

Ohne die Lehrerin zu beachten, rannte Mascha zur Tür und riss diese auf. Dann schrie sie:

»Die Schule brennt!«

»Was soll der Unsinn?«, Frau Paulsen schüttelte den Kopf. »Komm zurück und setz dich auf deinen Platz!«

»Verstehen Sie nicht?«, rief Mascha aufgeregt. »Die Schule brennt! Man kann es doch riechen und sehen!«

Ja, nun rochen und sahen es alle. Auch Frau Paulsen. Irgendwo musste ein Feuer sein. Die Luft, die ins Zimmer drang, war schwer von Brandgeruch und trübe von Rauchwolken.

»Die Schule brennt!«, schrie Mascha noch einmal.

»Die Schule brennt!« Jetzt stimmte die ganze Klasse mit ein.

»Die Schule brennt!« Der Ruf setzte sich fort, lief den Flur entlang und fand in allen Räumen ein Echo. Türen schlugen auf und gegen die Wände. Kinder drängelten heraus und strömten auf den Schulhof. Die Kleinen weinten. Ein paar Große brüllten: »Hurra!« Lehrerinnen und Lehrer mahnten zur Ruhe. Der Hausmeister rief nach Herrn Hähnchen. Herr Hähnchen rief nach der Sekretärin. Die Sekretärin rief nach der Feuerwehr.

»Die Schule brennt!« Das hörte sich schlimm an. Zum Glück brannte in Wirklichkeit nur der Dachstuhl. Dort gab es keine Klassenräume und niemand war in Gefahr.

In kürzester Zeit standen alle Kinder, alle Lehrerinnen und Lehrer auf dem Hof. Keiner fehlte. Die Lehrerinnen und Lehrer hatten die Kinder und sich selbst gezählt.

Das heißt – fehlte nicht doch jemand? Philipp schaute sich suchend um. Eben hatte Mascha noch neben ihm gestanden. Nun war sie verschwunden. Voll banger Ahnung richtete er seinen Blick auf den brennenden Dachstuhl. Die eine Hälfte stand in hellen Flammen, die andere verschwand unter düsterem Rauch.

Dieser Rauch drehte Spiralen und Kreise. Er formte sich sogar zu Gestalten. Sah aus wie ein Vogel. Eine Katze. Ein Kind.

Nein, das war kein Rauch! Philipp erschrak. Das war wahrhaftig ein Kind! Ein Mädchen im Nachthemd. Es trug einen Besen wie eine Balancierstange vor sich her, spazierte vorsichtig die Regenrinne entlang, hielt leichtfüßig das Gleichgewicht und blieb stehen. Kein Zweifel, das Kind auf dem Dach war Mascha!

Philipp wandte sich ab und guckte sich um. Hatten die anderen es auch bemerkt? Hatten sie das Mädchen erkannt? – Nein, seine Klassenkameraden interessierten sich mehr für das Feuer als für den Rauch. Keiner von ihnen sah, was er gesehen hatte.

Philipp zwang sich zur Ruhe. Irgendetwas sagte ihm, dass er weder seine Mitschüler noch Frau Paulsen auf seine Entdeckung aufmerksam machen sollte. Er wusste mehr über Mascha Marabu als alle anderen. Er kam fast um vor Sorge und Angst, aber er musste Geduld haben.

Verzweifelt schloss er die Augen und zählte bis zehn. Dann noch einmal. Und ein drittes Mal. Insgesamt zählte er sechs Mal bis zehn. Das ergab ungefähr eine Minute. In so einer endlos langen Minute konnte eine Menge geschehen.

Und wirklich – als Philipp die Augen aufschlug, war es um ihn herum finster geworden. Einen Herzschlag lang glaubte er, es sei Nacht. Dann merkte er, dass sich nur der Himmel verdunkelt hatte. Ein mächtiges Wolkengebirge hatte sich darüber geschoben. Alles Blau war in tiefem Schwarz untergegangen.

Und nun begann es zu regnen. Es goss wie aus Kübeln. Ganze Sturzbäche rauschten auf die brennende Schule herab. Die Flammen zuckten und zischten. Sie bäumten und krümmten sich. Sie ertranken und erloschen. Sofort verbanden sich Regenwolken und Rauchwolken zu einem dicken Qualm, der alles verschluckte. Die Schule verschwand. Und Mascha mit ihr. Im Handumdrehen hatte der Regen alle, die sich auf dem Hof zusammendrängten, bis auf die Haut durchnässt. Gekreisch und Gelächter erfüllten die Luft. Erleichterung mischte sich mit Entsetzen.

Philipp fühlte, wie ihm das Wasser aus den Haaren ins Gesicht, über den Hals und den Rücken hinablief. Sein T-Shirt klebte und seine Jeans färbten sich dunkel. Seine Schuhe machten schmatzende Geräusche, sobald er die Füße hob. Aber das alles war ihm egal. Er dachte an Mascha. Er konnte an nichts anderes denken. Er stand da und triefte und war wie gelähmt.

Plötzlich wachte er auf. Eine kleine Hand, kühl und feucht wie ein Frosch, schlüpfte in seine Hand. Er hielt sie fest und lachte vor Glück. Mascha stand neben ihm. Ihr Nachthemd sah aus wie ein Putzlappen, doch sie lachte ihn an, als sei sie die ganze Zeit an seiner Seite gewesen.

»Ich hab dich auf – auf dem Dach gesehen«, stammelte Philipp. »Was hast du da oben gemacht?«

Ihre nasse Schulter drückte sich an seine nasse Schulter. »Wolken«, flüsterte sie dicht an seinem Ohr. »Ich hab die Wolken gemacht. Und den Regen.«

»Also doch!« Philipp lächelte. »Du hast das Feuer gelöscht.«

Sie blieb ganz ernst. »Musste ich doch. Sie hatte es schließlich gelegt!«

»Wer?« Philipp sah sie ahnungsvoll an.

»Tante Eulalia! Ich wusste gleich, dass sie sich etwas Gemeines ausdenken würde. Sie hat die Schule in Brand gesteckt.«

»Oh!«, machte Philipp. Plötzlich verstand er. Wenn es keine Schule mehr gab, musste Mascha zu Hause bleiben. Darauf hatte Eulalia Seidelbast jedenfalls gehofft.

»Zum ersten Mal war ich wirklich stärker als sie«, sagte Mascha.

Ein heller Schein huschte über ihre verklebten rosagoldenen Locken. »Siehst du, es regnet nicht mehr!«

Philipp blickte zum Himmel. Der war wieder strahlend blau. Eine dünne Rauchfahne stand über dem Dach der Schule, aber Mauern und Fenster hatten keinen Schaden genommen.

»Ich muss nach Hause«, erklärte Mascha. »Meine Tante wartet auf mich.«

»Meinst du wirklich?« Philipp schluckte. »Sicher hat sie Schlimmes mit dir vor. Sicher ist sie furchtbar wütend auf dich.«

Mascha zuckte die Achseln. »Ich bin genauso wütend auf sie! Und ich habe keine Angst mehr vor ihr. Ich will es jetzt hinter mich bringen.«

Philipp sah sie besorgt an. Ihr verschmiertes Gesicht war sehr blass. Ihre Haare schienen zu knistern und ihre grünen Augen funkelten so wild wie noch nie.

»Bleib lieber hier!«, sagte er. »Nach der Schule kannst du mit zu mir kommen.«

»Ich muss nach Hause«, sagte sie wieder. Diesmal klang es endgültig. »Entschuldige mich bei Frau Paulsen!«

Philipp nickte bedrückt.

»Mach dir keine Sorgen!«, rief Mascha im Fortlaufen. »Besuch mich heute Nachmittag, wenn du willst!«

Er beobachtete, wie sie sich unbemerkt von den anderen zum Tor hinausdrückte. Er nickte wieder, obwohl sie es längst nicht mehr sehen konnte. Natürlich würde er sie besuchen! Gleich nach dem Essen. Ganz egal, was im Haus Uhugasse 33 auf ihn wartete. Er fröstelte plötzlich. Eine Gänsehaut lief ihm über den Rücken. Na ja, das lag wohl an seinen nassen Klamotten.

Hinter verschlossener Tür

Zum Mittagessen gab es Spinat mit Ei. Philipp hasste dieses Gericht. Aber zu Mamas Überraschung aß er seinen Teller ohne Gemecker mit großer Geschwindigkeit ratzeputz leer.

Kaum hatte er den letzten Bissen verdrückt, erklärte er: »Jetzt muss ich zu Mascha. Ich muss wirklich. Es eilt!«

Mama nickte. »Das sehe ich.« Nähere Erklärungen verlangte sie glücklicherweise nicht.

Philipp rannte den ganzen Weg bis zum Vogelzoo. Als er in die Uhugasse einbog, merkte er, dass er seinen Ranzen vergessen hatte. Aber er kehrte nicht um. Sicher würden sie heute sowieso nicht zum Lernen kommen.

Immerhin gab er das Rennen auf. Je näher er dem Haus kam, umso langsamer wurden seine Schritte. Und als er vor der schwarzbraunen Tür stand, konnte er sich nicht überwinden auf die Klingel zu drücken. Es schien ihm eine Ewigkeit her, seit er das verwitterte Messingschild mit der

Aufschrift *Eulalia Seidelbast* zum ersten Mal gelesen hatte. Dabei war es erst gestern gewesen.

Im Haus war es unheimlich still. Auch im Garten bewegte sich nichts. Die Raben schienen zu schlafen. Zögernd hob Philipp die Hand und berührte den Klingelknopf mit dem Zeigefinger. Nichts rührte sich. War keiner daheim? Hörte Mascha ihn nicht? Hatte ihre Tante sie vielleicht wieder irgendwo eingesperrt? Und Eulalia Seidelbast selbst? Lauerte sie vielleicht hinter der Haustür?

Bei jeder Frage klopfte Philipps Herz schneller und lauter. Er klingelte noch einmal. Wieder und wieder. Schließlich nahm er seinen Finger gar nicht mehr von der Klingel. Trotzdem war er tödlich erschrocken, als die Tür endlich nachgab. Er fiel fast ins Haus.

»He«, sagte Mascha, »was machst du denn für einen Lärm? Schneller konnte ich nicht. Ich war unten im Keller.«

Taumelnd fand Philipp sein Gleichgewicht wieder. Er atmete auf. Mascha sah gut aus, frisch und lebendig. Sie trug das bunte, bis auf den Boden reichende Kleid, das sie bei ihrem ersten Schulbesuch angehabt hatte. Ihre Haare leuchteten und ihre Augen strahlten. Ihre Hände allerdings …

»Igitt!«, sagte Philipp. »Was ist das denn?«

Sie hielt in jeder Hand eine Mausefalle. Eine dritte hatte sie unter den Arm geklemmt. »Warum igitt«, fragte sie. »Hast du noch keine toten Mäuse gesehen?«

»N-nein«, sagte Philipp. »Was machst du damit?«

Sie lächelte geheimnisvoll. »Das wirst du schon sehen.«

Philipp drückte die Tür hinter sich zu und beobachtete, wie Mascha die Fallen vorsichtig aufmachte und die leblosen Tiere herausnahm.

»Hier, halt mal!«, sagte sie.

Er biss die Zähne zusammen und nahm die nackten, rosigen Schwänze widerstrebend zwischen Daumen und Zeigefinger.

»Warte auf mich!«, verlangte sie. »Ich bringe die Fallen nur rasch wieder in den Keller.«

»Sind da noch mehr Mäuse?«, erkundigte sich Philipp.

»Zum Glück jede Menge!«, rief sie über die Schulter zurück. »Ich wüsste nicht, was ich ohne sie anfangen sollte.«

Da stand Philipp nun, allein mit drei toten Mäusen zwischen lauter geschlossenen Türen in dem düsteren Flur. Warum erzählte Mascha ihm nicht, was passiert war? Sie wusste doch, dass er sich Sorgen gemacht hatte!

Er erinnerte sich, dass die Tür ihm gegenüber zur Küche gehörte. Vielleicht konnte er die Mäuse dort ablegen. Vielleicht konnte er sich auch irgendwo hinsetzen. Er fühlte sich ziemlich schwach. Kurz entschlossen drückte er mit der freien Hand auf die Klinke. Aber vergeblich. Die Tür war versperrt.

Als Mascha zurückkam, lehnte Philipp mit weichen Knien an der Wand. »Warum ist die Tür abgeschlossen?«, murmelte er.

»Überraschung!«, sagte sie. »Aber du musst noch Geduld haben. Wir gehen zuerst in den Garten.« Sie nahm ihm die Mäuse ab und ließ sie in einem kleinen Eimer, den sie aus dem Keller mitgebracht hatte, verschwinden. Dann lief sie zur Tür hinaus.

Philipp lief hinterher. »Warte doch!«, rief er. »Erzähl mir zuerst, was passiert ist!«

Mascha lachte. »Ich will es dir lieber zeigen.«

Kein Windhauch strich durch die Bäume. Die

Hitze des frühen Nachmittags lag schwer über dem Garten. Der Wald dahinter sah angenehm kühl aus.

Sie rannten am Haus entlang. Philipp ahnte, wohin.

»Es ist so still!«, sagte er. »Schlafen die Raben?«

Mascha lief weiter und gab keine Antwort. Erst an der Ecke blieb sie stehen und wartete, bis er sie eingeholt hatte. Sie blickte ihn aufatmend an. »Die Raben sind fort.«

Sie wies mit dem Kopf auf den Vogelkäfig. Wahrhaftig! Die Raben waren verschwunden. Der Käfig war leer. Langsam trat Philipp ans Gitter und krallte seine Finger hinein.

Da sah er die Eule. Sie hockte auf dem kahlen Ast eines künstlichen Baums und sah ihm aus runden Augen starr ins Gesicht. Sie rührte sich nicht. Nur ihr scharf nach unten gebogener Schnabel zitterte lautlos und ihre spitzen Klauen schienen sich fester zu klammern.

»Was sagst du nun?«, fragte Mascha.

Philipp fühlte, dass sie dicht neben ihm stand. Aber er sah sie nicht an. »Ist das …?« Er stockte. »Die Eule … Ist das …?«

»Na klar!« Maschas Lachen hörte sich an wie Taubengurren. »Die Eule ist Tante Eulalia.«

Philipp starrte immer noch in den Käfig. »Wie ist sie da reingekommen? Was hast du mit ihr gemacht?«

»Ich habe sie besiegt«, gurrte Mascha. »Sie hat sich selbst in eine Eule verwandelt und ich habe sie eingesperrt.«

Nun endlich sah Philipp sie an. »W-wie denn?«, stammelte er.

»Oh, wenn man es kann, geht es ganz leicht.« Mascha zuckte die Achseln. »Ich hatte schließlich lange geübt. Wenn ich sie nicht eingesperrt hätte, dann hätte sie mich todsicher gefressen.«

»Gefressen? Sie hätte dich gefressen?«

»Ja, ich war eine Maus.«

»Du meinst, du hattest dich …«

Mascha nickte zufrieden. »… in eine Maus

verwandelt, na klar! Eulen sind wild auf Mäuse. Also habe ich Tante Eulalia als Maus in den Käfig gelockt. Im letzten Moment bin ich dann rausgeflitzt…«

»… und hast dich wieder zurückverwandelt.«

Mascha lächelte. »Muss ich ja wohl. Oder sehe ich vielleicht aus wie eine Maus?«

Philipp schüttelte heftig den Kopf. »Und die Raben? Was ist mit den Raben?«

Mascha lächelte stärker. In ihren grünen Augen stand ein Geheimnis, das sie nicht preisgeben wollte. Noch nicht! »Es geht ihnen gut«, sagte sie. »Das wirst du schon sehen.«

Philipp schreckte zusammen. Die Eule schüttelte sich und spreizte die Flügel. Als sie einen klagenden Schrei ausstieß, griff Mascha in den Eimer und schob die drei toten Mäuse eine nach der anderen durch das Gitter. »Keine Angst, Tante Eulalia! Ich lasse dich schon nicht verhungern.«

Philipp wandte sich ab. Was nun kam, wollte er nicht mit ansehen. Er war froh, als Mascha seine Hand nahm und ihn fortzog. Sie rannten Seite an Seite ins Haus und schlugen die Tür hinter sich zu.

»Und jetzt in die Küche!«, rief Mascha. Sie zog einen Schlüssel aus den Falten ihres Kleides und schloss die Küchentür auf. »Du wirst staunen, was wir uns für dich aus gedacht haben.«

Wir? Was meinte Mascha mit *wir*? Philipp zögerte. Die Eule im Vogelkäfig war ein ziemlicher Schock für ihn gewesen. Einen weiteren würde er kaum überstehen. Sollte er sagen, dass er nach Hause musste? Oder aufs Klo?

Mascha schien sein Zögern nicht zu bemerken. Sie stieß die Tür auf, trat zur Seite und blickte ihm voller Erwartung entgegen. Da fasste sich Philipp ein Herz und trat an ihr vorbei über die Schwelle. Im nächsten Moment sog er hörbar die Luft ein. Dann hielt er den Atem an. Seine Lippen formten ein *Oh*!, doch seine Stimmbänder streikten.

Er war nicht allein in der Küche. Und er wurde erwartet!

Sieben Augenpaare blickten ihm neugierig entgegen. Sieben Münder lachten ihn an. Sieben Hände winkten ihm zu. Sieben Jungen saßen um den großen Tisch...

Philipp begriff. Sieben Knaben – sieben Raben! Alle sieben hatten noch vor kurzem draußen im Vogelkäfig gesessen, da, wo jetzt Eulalia Seidelbast saß.

»Siehst du, es geht ihnen gut«, sagte Mascha. Plötzlich stand sie an Philipps Seite. »Sie sind wieder das, was sie vorher waren. Und das haben sie mir zu verdanken.«

»Wie – wie hast du das gemacht?« Philipps Stimme war schwach und heiser.

»Mit Tante Eulalias Zauberstab.« Mascha lachte. »Ehrlich gesagt, war es kein besonderes Kunststück.«

»Wo ist er jetzt?«, fragte Philipp.

»Der Zauberstab? – Gut verwahrt! Ich denke, ich werde ihn gelegentlich brauchen.« Sie nahm seine Hand und zog ihn zum Tisch. »Aber jetzt sollst du meine Vettern begrüßen!«

»Sie sind deine Vettern?«

»Ja, ihre Mutter war eine meiner zahlreichen Tanten.«

Da tat Philipp, was Mascha verlangt hatte. »Ich bin Philipp«, erklärte er und gab jedem Jungen die Hand. »Ich bin sehr froh, dass – dass ihr aus dem Käfig heraus seid!«

Die sieben strahlten ihn an.

»Ich bin Eins«, sagte der erste.

»Ich bin Zwei«, sagte der zweite.

»Ich bin Drei«, sagte der dritte. Und so ging es weiter, bis der siebte sich vorgestellt hatte.

Philipp fand es zwar merkwürdig, dass sie keine gewöhnlichen Namen hatten. Aber schließlich waren sie auch keine gewöhnlichen Jungen. Und er konnte sich ihre ungewöhnlichen Namen leicht merken.

»Jetzt wollen wir feiern!«, rief Mascha. »Wie gefällt dir die Küche? Und das, was auf dem Tisch steht!«

Philipp blickte sich um. Endlich kam er dazu! Tatsächlich erkannte er die Küche kaum wieder. Zwar war sie noch genauso unordentlich, wie er sie in Erinnerung hatte, vielleicht sogar noch ein bisschen unordentlicher, aber sie war nicht mehr düster und unheimlich, sondern hell und freundlich und überaus prächtig geschmückt. Alle Fenster standen offen und ließen die Sonne herein. Bunte Luftballons wiegten sich in der leisen Zugluft und unter der Decke schaukelten mindestens hundert Papiergirlanden.

Auf dem Tisch war zwischen Luftschlangen ein Festmahl bereitgestellt. Es gab Kuchen, Torte und Sahne, Limonade, Cola und Saft. Es gab

Kekse, Bonbons und Gummibärchen und obendrein eine Menge Sachen, die Philipp köstlich erschienen, obwohl sie ihm unbekannt waren.

Er setzte sich neben Mascha und sah zu, wie sie Kostproben von allen Herrlichkeiten auf seinen Teller häufte. Für einen kurzen Augenblick – so wie sich manchmal ein Wolkenschatten schnell vor die Sonne schiebt – wurde ihm bang in der Brust.

»Mascha«, flüsterte er, »bleiben deine Vettern jetzt hier?«

»Warum nicht?«, antwortete sie fröhlich. »Das Haus ist ja groß genug.« Sie stellte den Teller vor Philipp hin und strich sich die rosagoldenen Locken hinter die Ohren. Der Blick ihrer grünen Augen traf ihn mitten in sein ängstliches Herz. So leise, dass nur er es verstehen konnte, fügte sie hinzu: »Sieben Vettern sind sieben Vettern, das muss ich dir wohl nicht erklären. Aber du bist mein einziger Freund!«

Da war der Wolkenschatten vorbei. »Ich besuche dich jeden Tag«, versicherte Philipp. »Oder du kommst zu mir!« Mit der einen Hand ergriff er sein Glas, mit der anderen zog er seinen Teller näher heran. Dann langte er zu.

Eine aufregende Woche lag hinter ihm, und mehr als eine würde ihr folgen. Er hatte es nicht anders gewollt und er würde seine Meinung nicht ändern. Mascha Marabu war seine Freundin. Und sie war nun mal eine Hexe.

Inhalt

Foto © privat

Ingrid Uebe kommt aus Essen an der Ruhr und wohnt heute in Köln am Rhein. Sie ist »gelernte« Journalistin, schreibt aber seit zwanzig Jahren auch Kinderbücher. Sie liebt Hexen - gute und böse, junge und alte, schöne und hässliche, komische und gruselige -, weil in jeder Hexe mindestens eine Geschichte steckt und weil es solchen Spaß macht, die aufzuspüren und zu erzählen.

Foto © K. Dube

Stephan Baumann wurde 1965 in München geboren. Er hat Kommunikationsdesign studiert. Seit einem Aufenthalt in New York arbeitet er als freischaffender Künstler und Grafiker in München.